水《すい》晶《しょう》の国《くに》　運《うん》命《めい》の子《こ》は
異《い》世《せ》界《かい》の王《おう》子《じ》に溺《でき》愛《あい》される

葉《は》山《やま》千《ち》世《せ》
ILLUSTRATION：サマミヤアカザ

水晶の国　運命の子は異世界の王子に溺愛される

LYNX ROMANCE

CONTENTS

水晶の国　運命の子は
異世界の王子に溺愛される

《プロローグ》

そびえ立つ山々に囲まれた、細く長く内陸深くまで続く入り江。周囲の険しく高い山々は頂《いただき》を雪に覆われ、その雪解け水が美しい滝となって流れ落ちている。

この険しい地形と、狭くとても長い水路が、外部からの侵入を容易に許さないのだろう。何者も寄せ付けない美しい自然がありのままの姿を見せていた。

壮大な自然とその造形の荘厳さに畏怖を抱き、ひれ伏したくなる。

深い森の木々を映した青い水の入り江を進み、森の奥へと向かう。すると、そこには巨大な洞窟があり、その壁面はキラキラとした美しい水晶で埋めつくされていた。

この先のこともよく知っている。

なぜならこれは夢だからだ。

幼い頃からずっと見ている夢。

深い森の中にある、おとぎ話に出てくるような美しい風景。広い森と美しい滝。そして森の奥にある、まぶしく輝く水晶の洞窟。

その洞窟に行くと、自分の心が清々《すがすが》しく、透明になっていくような気がする。

視界に映る人々も、日本《にほん》人ではなく、それこそ童話から飛び出してきたような、端整な顔立ちの人ばかりだ。

まるで知らない世界の、知らない人々なのに、いつまでもこの美しい風景を守りたい、と夢の中の自分はそう強く願っている。そして、誰かが自分を呼ぶ、やさしい声が聞こえるのだ。逆らいがたい魅力のある声。透明でやわらかなハープの音色のような。

夢の中の自分は返事をしてその声のほうへ向かう。

とてもとても幸せな夢。

ただ、それだけの夢だが、その夢を繰り返し、繰り返し見続けている。そんな国には行ったこともないし、関わったこともないのに。

Ⅰ

目覚まし時計のけたたましい音が鳴り響く。

早起きは苦手ではない。いつもは六時にかけているアラームの前に目が覚めるのだが、今日に限ってはアラームの音が一段階大きくなった頃、市村《いちむら》玻璃《はり》は目を開けた。

のろのろと手を伸ばしてアラームを止め、ベッドから身体を起こして、はあ、と大きくため息をつく。夢を見た日はひどく身体が疲労して、すっきりと起きることができない。特に——あの夢を見た日はよけいに。

けっして嫌な夢ではなく、むしろ——そう、いつまでもあの美しい世界に留《とど》まっていたい、と思うせいなのだろうか。夢が自分をあの世界に引き留めようとしているのか、目覚めるのが容易ではなく、無理やり目を覚まそうとするだけで疲れてしまうのだった。

「ハリィ！　起きたー？　朝ご飯はどうするの？」

「食べる……今行く……！」

玻璃はそう返事をし、ベッドから飛び下りて部屋を出た。

リビングのドアを開けると、トーストの焼ける香ばしい匂いと、コーヒーの芳醇《ほうじゅん》な香り。

「おはよう、真珠《まじゅ》さん」

「おはよう、ハリィ。ひどい顔ね。徹夜でもしてた？」

キッチンから叔母の真珠が顔を出し、溌剌《はつらつ》とした笑顔で玻璃に聞く。

「いや、今日は早く出ようと思ってたから、ゆうべは十時くらいには寝たよ」

「あら、その割には、なんだかすごく疲れた顔をしてるじゃない」

「う……ん、ほら、いつもの——例の夢を見ちゃったからかな」

苦笑いをしながらそう言うと、真珠は「ああ」と肩を竦《すく》めた。

「ハリィ、その夢を見るとひどく疲れるって言ってたものね。でも、嫌な夢ではないんでしょう？」

「そうなんだけどさ。最近は前より見る回数が多くなってきて……だからかな、よけいに疲れる気がするんだよね」

「若い子がなに言ってんのよ。ほらほら、ちゃんと食べて。しっかり食べたら疲れなんか吹っ飛んでいくわよ」

真珠がそう言いながら、ベーコンを添えたオムレツの皿を玻璃の目の前に置く。彼女は毎晩日が変わる頃に帰宅しているが、いつも元気で疲れなど微塵《みじん》も見せない。このエネルギッシュさに、玻璃はいつも勇気づけられていた。

「なによ、じっと見て」

玻璃が真珠へ向けた視線に気づいたらしく、そう言った。

「ううん、別に。朝から元気だなと思って」

「まあね、昨日いいことがあったから。ゲームのコラボジュエリーのデザインをうちでできることになってね。ほら、ハリィも好きだって言ってた、トゥルーメモリーシリーズ」

「え!?　マジで？　すごいじゃん！」

「でしょ？　だからうれしくってね」

ふふ、と真珠がうれしそうに笑う。大手のジュエリーメーカーから独立してアトリエを構えた真珠は、高級宝飾品としてだけでなく、誰もが普段使いのできるジュエリーを、というカジュアルラインの会社を興し、ようやく経営が安定してきたと言っていた。だから今回のゲームとのコラボレーションは彼女にとって非常に意味のあることなのだろう。

彼女のすごいところはそれだけでなく、デザインの腕をさらに高めていきたいとコンテストに応募し続け、そしていくつもの賞を受賞して実績を積んでいることだ。

「そっか。じゃあ、お祝いしなくちゃ」

「ありがとう。でも、まだ決まっただけだし、ここからよ。クライアントに満足してもらえるように頑《がん》張《ば》らないと」

「だけど、あんまり無理しないでよ。真珠さんに倒れられたら困るんだから」

玻璃はふと、両親を亡くした日を思い出した。

十五年前、まだ玻璃は六歳で、小学校へ上がる直前のことだった。新しい机も、ピカピカのランドセルも用意して、入学式を楽しみにしていた。桜が満開の、とても美しい季節。

――玻璃、お土産楽しみにしていてね。

玻璃の父親はとある資源開発企業に勤務しており、海外への出張が多く、家を空けることが常だったが、その分の愛情をたくさん注いでくれて少しも寂しいとは思っていなかった。

普段、母親は帯同することがなかったのだが、そのときは大事なパーティーがあるとかで夫婦同伴を求められていたらしい。母親も父親とともに渡航していった。

当然のように二人とも帰ってくると思っていたのだが、それは叶《かな》わずに終わってしまうことになる。真珠に預けられていた玻璃は、そのまま真珠と暮らすことになってしまったのだ。

帰りの飛行機に乗るため、空港へ向かう途中の車に酔っ払い運転のトラックが突っ込み、それが正面衝突だったことから、玻璃の両親は帰らぬ人となってしまったのである。

（一番最後に覚えている顔が笑顔だったのは……せめてもの救いかな）

そこに両親がいるという当たり前の日常はその日でなくなってしまった。

　不意にそのことを思い出して、玻璃は少しだけ目を伏せる。その表情を見て、肉親を失った玻璃の気持ちを察したのか、真珠は「わかってるわ」と玻璃の髪の毛をいきなりぐしゃぐしゃとかき混ぜた。

「それよりハリィ、あんた早く出るって言ってたのにゆっくりしていていいの？」

　真珠の言葉に促されるように、玻璃が時計へ目を向けると、時刻は七時を十分ほど過ぎている。

「うわっ！　ヤバい！　今日ゼミ発表なんだ！　学校で最後のデータまとめないと！」

　玻璃は慌てて、残りのトーストとオムレツをコーヒーで流し込むようにしてかき込む。

　昨日はレポートを片付けていて、ゼミ発表のデータをまとめるところまではできなかった。だから早い時間に学校に行って、研究室で仕上げようと思っていたのだ。

　玻璃は結晶工学を専門とする研究室に在籍しており、主に単結晶材料と加工技術について研究している。まだゼミに配属されたばかりではあるものの、ずっと興味のあった分野に進むことができていて玻璃は満足していた。この春から玻璃は学部の三年生ではあるが、真珠の支援もあって大学院への進学を視野に入れているため、文系学部の三年と違って就活のことはひとまず考えなくていい。それより、今は目の前のゼミ発表のことを考えなくては。

「もう、そんなに一気に口の中に入れたら喉に詰まっちゃうでしょ」

　呆《あき》れたような真珠の声など玻璃は気にせず、ごくりとすべてを飲み込むと、椅子から立ち上がる。

「じゃ、行ってきます！」

　そうして急いで支度を終えた玻璃は、バタバタと慌ただしく家を出た。

「市村、この後カラオケ行くんだけど、一緒に行かね？　S女子大の子も来るからさ」

　午後のゼミ発表を無事に終えた後、同じ研究室の友人である米村《よねむら》が玻璃を誘った。

　米村は研究室に所属してからはじめて知り合った男だがこまめな質《たち》らしく、いつもコンパだのカラオケだのと誘ってくる。おかげで、学部生同士とはすぐに打ち解けることができたものの、そういった類《たぐ》いの集まりが苦手な玻璃は、少々うっとうしいと思うことがある。けっして悪い人間というわけではなく、むしろいいやつだとは思っているが、なにかというと誘ってくることに辟易《へきえき》していた。

「あー……この後外せない用事があるんだ」

　ごめん、とひとまず申し訳なさそうな顔を作って、玻璃は謝った。

「この間も誘ったときダメだったじゃん。顔出すくらいでいいからさ」

　食い下がる米村に玻璃は「悪いけど」と断りを入れる。

「えー、マジか。なに、彼女と約束とか？」

「まあね」

　玻璃には彼女などいないが、話を合わせておいたほうが後々楽だ。彼女がいる、というなら合コンなどには誘われないだろうし、彼女と会う約束があるということにすれば誘いも断りやすくなる。同じ研究室の仲間とはいえ、付き合いは最低限にしておきたい。

「そんなに彼女の束縛厳しいわけ？」

「うーん、ま、そんなとこかな。察して？」

　苦笑で返す。いかにも彼女で苦労しているという顔ができただろうか。

「そっか。まあ、それじゃあ仕方ないよなあ。市村イケメンだし、彼女がいないわけないと思ってたけどさ」

米村はすっかり玻璃の嘘《うそ》を信じ切ったようだった。

玻璃は内心で、ほっと胸をなで下ろす。

「別に俺はイケメンじゃないと思うけど」

「なに言ってんの。ケンソン、ケンソン。いつもさあ、合コンとか市村を参加させて、ってうるせえのうるさくないのって。なんたって市村は見た目が外国の王子様っぽいしさ」

「王子様……」

思わず眉を顰《ひそ》め、不快を露《あら》わにした。米村は玻璃のその表情を見て、しまったという顔をする。

「気に障ったらごめん。そういうつもりじゃなくて、その……」

あわあわと必死で言い訳を探す米村に、玻璃は急に申し訳なくなり、「こっちこそ態度が悪かった。すまない」と謝った。

「王子様とか、見た目でそういうふうに言われるの好きじゃないから……つい嫌な顔になって」

「いや、今悪かったのは俺だし。そうだよな、見た目のことをあれこれ言うのは失礼だった。あと、いつも誘ってたけど、彼女いたならウザかったよな」

「気にしなくていいよ。じゃ、そろそろいいかな」

いかにも急いでいるふうを装うと、米村はハッとした顔になった。

「ごめん、引き留めて悪かったな。彼女さんによろしく。今度飲みに行こうな」

「ああ。……じゃ、また」

そう言って、玻璃は足早に研究室から出た。

米村の姿が見えなくなったのを確認して、玻璃は大きくため息をつく。

用事があるのは本当だが、別に今日でなくとも構わない。買い物をしたいだけだから、明日でも明後《あさって》日《て》でもいい。つまり、用事があるというのは単なる口実に過ぎなかった。

　本音を言うと、人付き合いに後ろ向きなのと、騒がしい場は苦手なのでできるだけ避けたかっただけだ。

（カラオケも合コンも興味ないし）

　咄嗟《とっさ》に彼女がいるとでまかせを言ったが、玻璃は恋愛ごとにはまるで興味がない。みんなのように必死に彼女を作りたいと思わないし、そもそも誰かを好きになるのを経験したことがなかった。

（よくみんな簡単に誰かを好きになれるよね）

　恋人の気持ちにいちいち振り回されている同級生たちを見ていると、それがあまりいいものとは思えない。誰かに振り回されるくらいなら、一人でいるほうがずっとましだと玻璃は思う。

　ただ……好意で誘ってくれたことに嘘をついて断ったことは、いささか後ろめたく感じていた。

（米村もいいやつなんだろうけど……）

　屈託なく話しかけてくる米村の顔を思い出しながら、玻璃はひとつ頭を横に振る。

（付き合いなんて深入りしたって、なにもいいことなんかない。……俺に友達は必要ない）

　玻璃はポケットからワイヤレスイヤホンを取り出し、耳にはめる。スマホを操作して好きなバンドの音楽をかけた。

　これでもう、よけいな音は聞こえない。話しかけられても気づかなかった、ですむ。

　一人でいるのが好きだ。

　好きな音楽に没入し、一人だけの世界に浸る。

　帽子を目深にかぶって、少し俯《うつむ》き気味の姿勢で歩きはじめた。こうすれば、自分の特徴的な容姿もいくらかは隠れるからだ。

　色白で髪の色も亜麻色、そして瞳の色も茶色く、全体的に色素が薄い自分の見た目は、非常に人目を引く。生まれ持った容姿は玻璃をいつも話題の中心にさせた。

外国人のような外見だが、これでも正真正銘の純日本人である。先祖の中にも外国の血を引く者はいなかったと聞く。父親も玻璃ほどではないが、髪の色も瞳の色も薄かったため、おそらく父方の血からくるものだと言われた。

また線が細い印象もあり、昔は女の子に間違えられることも多かった。大きくなってからはそんなふうに誤解されることはないが、それでも中性的なイメージはあるようで、玻璃につけられる形容詞はかっこいい、ではなく、きれい、のほうが今でも多い。

ただ、この容姿で得をしたことはほとんどなかった。

さっきの米村のように「王子様」や「王子様っぽい」と言われ、見ず知らずの他人から無遠慮に見られることは日常茶飯事だ。その不躾《ぶしつけ》な視線から逃れたくて、普段からこうして髪や顔を隠すようにしていた。

できるだけ注目されたくない。

大学生の今なら、派手な見た目もごく当たり前の光景だが、小さい頃はそうではない。髪の色や目の色が他と違うだけで、異分子扱いされる。

当時は既に真珠の元で暮らしていたため、口さがない噂《うわさ》をする者も少なくなく、特に両親を亡くした直後の小さい時分には、いわゆるいじめにも遭った。

己の境遇や容姿ばかりで判断され、口数の少ない玻璃は常に排除される側であった。大切な亡き両親までも傷つけられ、誰も玻璃の内面を……玻璃自身を見ていない。幼心にもそう感じた玻璃が孤独を選んだのも当然だった。

だから、もう人は信じないことにしたのだ。

ただ、あまり人付き合いをしないでいるのもそれはそれで周囲から反感を買う。それも幼いながら学習したことだ。そのため、相手の気分を損ねない程度の当たり障りない付き合いはやむを得ずしている。だが、深い付き合いはせずに距離感を保つべき、というのが玻璃の信条だった。

「なかなかいいものが見つからないな……けど、真珠さんに下手なものをあげてもなあ」

　アリバイ作りに新しいランドマークとして話題になっていた渋谷《しぶや》のファッションビルを訪れた玻璃は、誕生日の近い真珠へ贈るプレゼントを物色していた。しかし、どの店舗の品もおしゃれだとは思うものの、いざプレゼントとなると、あまりピンとくるものがない。

　玻璃は渋谷から代官山《だいかんやま》へと歩いていった。代官山にはこだわりの店が多くあり、真珠も時折でかけている。彼女好みのものがあるかもしれない。

　桜丘《さくらがおか》から代官山にかけての道のりは渋谷の喧噪《けんそう》とは打って変わってとても静かで、散策するのにはうってつけだ。ゆっくり歩いても三十分とかからず、玻璃は新しくできたショップをあちこち覗《のぞ》いていた。

「……なんか、どれも帯に短したすきに長しって感じ」

　がっかりと肩を落とす。以前目をつけていた革製品の工房は移転していたし、玻璃もたまに訪れていたセレクトショップはオーナーが変わったようで、品揃《ぞろ》えが好みではなくなっていた。

　真珠との買い物帰りによく訪れていた、おいしいケーキを出すカフェは閉店してしまっていて、なにもかもついていないことばかり。

　もうすぐ夏らしく、歩いていると少し汗ばんでくる。手で汗を拭いながら、また一軒店を後にした。

「疲れたし、出直そう。……やっぱ、あの革のブックカバーがいいかな」

移転した工房が作っていた革製のブックカバーは、発色も手触りもとてもよかった。柔らかい革を使っているからスタイリッシュで、それに栞紐《しおりひも》に可愛《かわい》らしい銀細工のチャームがつけられていて――あれはとてもよかった、と次の休みに工房の移転先へでかけることを決める。

「えっと……駅は……」

スマホの地図を頼りに様々な店を探し回っていたせいか、随分と駅から離れたところまで歩いてきたらしい。

「やっぱり近いのは代官山か……。恵比寿《えびす》から帰るか……代官山から帰るか……」

スマホの地図に目を落とし、うーん、と悩んだ末、電車賃を節約しようと恵比寿駅へと向かう。新しいカフェも増えたなと思いながら歩いていると、ふと、小さなショップに目を奪われた。

このあたりではあまり見かけないパワーストーンのショップだ。ヨーロッパ調の白い壁に緑色の屋根の、一見洋菓子店にも思えるような、とても可愛らしくおしゃれな店構えで、店頭には様々な石を置いている。特に目立つのが、水晶の原石のディスプレイだった。こういうものをただ置いて、いかにもというセンスのない店が多いのだが、ここはうまくアンティーク調の小物やドライフラワーなどと組み合わせており、レトロな雰囲気も相まっていてつい見入ってしまう。

「パワーストーンか……」

普段こういう店は通り過ぎるのだが、今朝はあの夢を見ていたせいか、水晶が気になり吸い寄せられるように店内へと入っていった。熱気のこもった帽子を脱ぐと、冷房の涼しげな風が頬《ほお》を撫《な》でる。

「へえ……」

パワーストーンと謳《うた》う店の中には、明らかなクズ石をそれらしく売っている店が数多くあるのだが、ここはひとつひとつのクオリティーが高く、価格もとても良心的に思えた。

「あ………」

その中で、玻璃はあるひとつのペンダントから目が離せなくなった。水晶柱に最低限の手を加えただけのものをペンダントトップにした、ごくシンプルなものだ。

（これだけ、他と全然違う。それに――）

玻璃には不思議な能力があった。

鉱石の心を聞くことができる、という力。それに気づいたのは、玻璃が真珠に引き取られて間もなくの頃だ。真珠がエメラルドの原石を持ち帰ったとき、玻璃はその石を見て「痛そう」と呟《つぶや》いたのだという。

本来、鉱石がどんな内包物《インクルージョン》を持っているのかは、切り出して研磨してみなければわからないのだが、真珠がその石を研磨してみると、非常に大きなクラ《ひび》ツク《割れ》が入っていたらしい。

いまだに真珠はその出来事を口にするが、幼い頃から石の記憶や感情のようなものを感じていたのは確かだ。今ではもっと鮮明に石の心を読み取ることができる。そのおかげで価値のある石を見つけることもできるようになっていた。

――亡くなったおばあちゃんも、玻璃みたいに石の気持ちがわかるのよ、っていつも言っていたわ。

真珠がそう言っているとおり、玻璃の曾祖母《そうそぼ》も同じような力があったという。曾祖母は玻璃が生まれる前に亡くなっていたから、真珠はいつも「もしかしたら玻璃はおばあちゃんの生まれ変わりかもね」と言っていた。

――私にも玻璃みたいな力があればいいんだけど。

真珠がジュエリーデザイナーになったのは玻璃の曾祖母の影響らしい。石の気持ちはわからなくても、曾祖母が持っていたたくさんの石を見て育った彼女は、きれいな石をもっときれいにしてあげたい、と今の道を選んだのだろう。

　この不思議な力で、ずっと真珠に育ててもらった恩返しができるなら、と彼女の仕事を手伝っていたが、おかげで、玻璃も鉱物に興味を持ち、今では自分の研究にも役立っていた。

　玻璃は、電子機器を正常に動かすための重要な部品である、水晶デバイスについて研究している。エレクトロニクスになくてはならない存在なのだが、工業的には貴重な天然水晶ではなく、人工水晶を用いていた。とはいえ、石に内包物が一切ないものが求められるため、人工水晶の原料となる種水晶と呼ばれる天然水晶も、非常に高いクオリティーを必要とする。

　そのため、玻璃自身の研究に必要な天然物は真珠を通して入手していた。しかし信頼のおけるルートでも、ものになるのは多くはない。

　だが、今このペンダントに使用されている石は、そんな玻璃の肥えた目を奪った。

（石が触って、って言ってる……）

　ほんのサンプル程度の大きさの石だが、この品質のものがこんなパワーストーンショップにあるのが信じられなかった。おそらくなんらかの加工に使用された後の余りとしてここに卸されたのだろうか。

（でも、ペンダントか……）

　ジュエリーデザイナーを叔母に持つため、アクセサリーには抵抗がないが、さすがにこの水晶のペンダントは水晶が主張しすぎていて、つけるのに服を選ぶ。

　だが、やけに気になり、玻璃は水晶に向かって手を伸ばした。

　そのとき、水晶は玻璃の目の前で輝いた——ような気がした。というのも、かなり発光したと思ってあたりを見回したのだが、近くの店員はなにもなかったとばかりに、陳列棚を整理していたからだ。

「おまえ、今、光ったよな」

　石に向かってそう言い、ペンダントを手に取る。

「あ……」

　水晶は手に取るととても温かかった。冷たいはずのその石から、まるで人の体温ほどのぬくもりと鼓動のような振動を感じる。そして――。

「…………！」

　目が眩《くら》むほど力強い自然、緑の森とはっとするほど透明な湖の水面《みなも》。幾重にも重なる、水晶柱のきらめきと玻璃を呼ぶ声。

　一瞬のうちにそれら――今朝夢で見た光景が玻璃の中を過《よぎ》っていく。

　鼻腔《びこう》にまで濃い草いきれ――深い森の香りを感じるような気さえして、玻璃はなにかに囚《とら》われたように、ぼうっと立ち尽くすだけだった。

「お客様」

　はっと我に返ったのは店員の声のおかげで、それでようやく現実に戻れたと思えるほど、あの夢の世界の中に入り込んでいた。

「あ……すみません」

「随分とお気に召したようにお見受けしましたが」

　にこやかな店員の声に促されるように、玻璃は持っていたペンダントへ目を落とす。

　たった千円、と破格の値のそれを、玻璃は衝動的に買い求めて帰宅したのだった。


「ハリィ、珍しいものつけてるじゃない」

　その夜、帰宅した真珠が玻璃の胸元に気づき、じろじろと見る。玻璃の胸元には先ほど買った水晶のペンダントが揺れている。

「でも、ちょっと……言っちゃ悪いけど、時代遅れ

っていうかダサくない？」

　さすがにジュエリーデザイナーの彼女の感想は辛《しん》辣《らつ》だ。玻璃は苦笑する。

「う……ん、そうなんだけどね。なんかつけていないといけないような気がして」

　そうなのだ。この水晶は玻璃から離れたがらなかった。外そうとすると、悲しそうなオーラを出す。それにこれを身につけていると、なんとなく懐かしいような、そんな不思議な安心感を覚え、外すに外せないでいた。

　玻璃の返答に、真珠は目をぱちくりとさせて「へえ」と口にした。

「つけていないといけないような気がする、って、ハリィが言うならそうしたほうがいいわね。ほんと、私もハリィみたいな力が欲しいわ。石の心がわかるなんて、私にこそふさわしい力だと思うのに」

　はあ、と真珠がため息をつくのを、玻璃は苦笑しながら見ていた。

　亡くなった曾祖母から受け継いだような不思議な力――たぶん、その力がこの水晶を呼んだ。

「ま、ハリィはおばあちゃんの生まれ変わりなんだから、しょうがないわ。それより、その石見せてもらってもいい？」

「うん。――はい、どうぞ」

　首から外して、玻璃は真珠にペンダントを手渡す。受け取った彼女はペンダントの水晶を蛍光灯にかざしたり、ルーペでじっと見たりしていた。

「ハリィが買うだけあって、この水晶すごいわね。目視で内包物がまったくないし、透明度も高そう。なんなら不純物濃度分析にかけたいくらいでしょ？」

「そうだね。なんでこんな水晶がパワーストーンショップにあったのか、不思議で。加工の余剰なのかなってさ。それにさ、この水晶を手にしたとき、気のせいかもなんだけど……」

　真珠に話しながら玻璃は店で起こったことを思い出していた。あのとき確かに光ったと玻璃は思ったのだが、店員はその光を見ていないようだったし、この石に触れたときにまるで生き物のようなぬくもりを感じ、《あの夢の風景》を見たのだ。

「ハリィ？　どうしたの、ぼんやりして」

「ん？　ううん、なんでもない。さ、ご飯にしよう？　今日はドリア作ったんだ。真珠さん食べたいって言ってたから」

「ドリア？　あら、うれしい。もう、おなかペコペコよ」

「じゃ、早く着替えてきて。ビールも冷えてるから」

「やだー、至れり尽くせりじゃない。いい息子を持ったわあ」

「息子って、真珠さん独身じゃん。俺にばっかかまけて、どうすんの」

　真珠には長く付き合っている恋人がいるが、結婚はしないと言っている。玻璃が独り立ちするまでは考えられないと彼女は言い、恋人もそれでいいと言ってくれているのだそうだ。それが申し訳ないのだが、真珠は「私が勝手にそうしているだけよ。結婚したくなったら、結婚するわ」とあっけらかんと言う。彼女なりのやさしさが染みるが、だからこそ早く独り立ちをしなければと玻璃は思っていた。

「いいのよ。それより、今度スーツを作らないとね。就活はまだだろうけど、そろそろきちんとしたのを持っていないといけない年よ。ハリィにはどんなのが似合うかしらね」

　明るい真珠の声を聞き、玻璃は自然と笑顔になる。これだけ大事に愛されていることを玻璃は改めて痛感し、いつまでもこの幸せな日々が続くように、と密かに願った。

「――こっちの導入したばかりの育成炉は、一見小型に見えるが従来より効率よく生産が可能になり、三トンの収量が確実だ」

　玻璃は説明を聞きながら炉を見上げる。

「市村くんの研究が実現すれば、高レベルな品質の収率がさらに増えるだろう。一緒に研究している我々も楽しみだよ。僕らもきみら若い人たちに負けないように、ギアを上げていくとしよう」

「これから半年、お世話になりますが、足を引っ張らないように頑張ります。どうぞよろしくお願いします」

「こちらの小さい炉のほうにはなるが、これできみの研究を進めていくといい。早速炉を動かしているから、近々データも取れると思うよ。来週まで稼働しているのはこの炉だけだから、今週限定だけど、この研究棟は市村くんの専用だね」

「すごく贅沢《ぜいたく》ですね」

　これから半年ほど、国内有数の電子部品メーカーとの共同研究に玻璃は加わることになり、郊外にある研究所にやってきていた。

「それにしても、きみの目は本当に確かだ。うちに欲しいくらいだよ。まさか、分析にかける前に種水晶の善し悪《あ》しを目利きできるなんてね。しかも、分析結果とピッタリだったとは驚きだ」

「いえ、そんな。まぐれです」

　そうは言ったが、まぐれでないのは自分がよく知っている。ただ、石がそう言っていると真珠以外に話をしても信じてはもらえないから、そういうことにしていた。

「いやいや、まぐれでもなんでも、すごいことだ。――ああ、もうこんな時間か。悪いが今日はここまでにしておこう。そうだそのうち歓迎会でもしようか。こんなところにいるが、うちのメンバーはお祭り好きなんだ」

「ありがとうございます。うれしいです」

そつのない完璧な笑みを浮かべ、失礼します、と言いながら研究棟を後にする。

正門までの遊歩道を歩いていると、爽やかな風が吹いた。

最近は緑化を意識しているせいか、どこの企業の社屋も木々や花を多く取り入れているようで、歩いている玻璃にも花の香りがふわりと届く。道の脇に植えられている木々の葉擦れの音を聞きながら、気持ちよく歩いていた。

――ハリィ……。

「……真珠さん？」

どこからか、玻璃を呼ぶ声が聞こえた。

玻璃のことをハリィと呼ぶのは真珠だけだ。語尾をちょっとだけ伸ばし気味にする独特の呼び方。

だが、真珠がこんなところにいるはずがない。

――ハリィ。

もう一度聞こえ、気になってあたりをきょろきょろと見回したが、玻璃を呼ぶ者などいない。

――ハリィ……ハリィ。

まただ。

その声はとても微《かす》かなものだったから、やはり空耳だろう、そう思ったとき地面が大きくぐらりと揺れた。

「うわ……っ」

その揺れは一度ならず二度までも起こり、立っているのがやっとというほどの大きさである。

しかし、玻璃の近くを歩いている人は平然としていた。

「あの……っ、今揺れませんでしたか？」

近くの人にそう尋ねたが、「いえ、別に」とまるで揺れなど感じていない様子だ。歩いているときは揺れに鈍感になるから、そのせいかもしれない。

だが、先ほど感じたほどの揺れならば、もう既に稼働しているという人工水晶の高圧炉が爆発事故を起こす危険がある。ことと次第によっては炉を停止させなければならなかった。

炉を止めるのは悔しいが、爆発よりはましだ。実験ならまたできる、そう思いながら炉の様子を見に走って戻り、炉のある棟へ入ったとき――。

――ハリィ。

再び玻璃を呼ぶ声が聞こえた。今度ははっきり、真珠とは異なる女性のあの夢とよく似た声で。

「誰……！　俺を呼んでいるのは誰！」

玻璃は振り向いて叫んだ。だが、そこには誰もいない。

――ハリィ……！　お願い、あなたの力を貸して……！

（力？　なんの？　誰が俺を呼んでるわけ？）

耳を塞いでも聞こえるその声に玻璃は戸惑い、怖くなる。

不意に濃い緑の匂いを感じたかと思うと、ぐらりと足元が大きく揺れた。その揺れは先ほど感じたものよりもずっと大きく、今度こそ地震だと確信する。

「………っ！」

そのとき、ぐにゃりと視界が歪《ゆが》み、玻璃の身体が大きく傾《かし》いだ。目眩《めまい》と頭痛とがいちどきに訪れ、世界が――自分の身体さえも歪む。

身体がバラバラになる、そう思うなり、視界は暗転してそこからの意識が途切れた。

Ⅱ

（フィトンチッドってテルペン類だっけ。テルペンは抗菌とか防虫作用が強いんだよなあ、植物自身が自衛のためにそういう物質を作り出しているってのはすごい）

　そんな詮ないことを、ぐらぐらとした頭の中でぼんやりと考えた。さっき、深い濃い緑の匂い――いわゆる森の香りを嗅いだせいかもしれない。

　しかし、今も同じ匂いを感じていて……それはさらに濃く強いものに思えた。

（いくら研究所が山の麓だっていっても、さすがにこんなに匂わないって）

　これじゃあ本当に森の中だ……と思ったとき、ふわりと身体が浮いたような気がした。その感覚に、玻璃はゆっくり目を開ける。

　開けた視界の先に見えたのは、一面の緑。

（なんだ、やっぱり森の中……え⁉　待って、森の中って……！）

　なぜ自分が今、深緑のカーテンに包まれているのかと、玻璃は大きく目を見開いた。

　そして、次に見えたものに、さらに大きく目を開き、そのまま瞬《まばた》きもできなくなっていた。

　というのも、目の前にはこれまで見たことがないほどの美男子。その美男子を玻璃は下から見上げていたのである。

（うっわ……すっごいイケメン）

　同性の自分から見ても、完璧に整った顔立ちだ。

　ふわりと風に靡《なび》く、絹糸のような金の髪。そして陶器のような白い肌にサファイヤのような青い瞳。おまけにその彼が着ている服ときたら、どこのコスプレ会場かと思わんばかりの、そう、まるでおとぎ話かこの前真珠と話題にしていたＲＰＧのゲームから飛び出してきたような、シュールコー。

　しかも――。

「え……!?」

　どうやら身体が浮いていると思ったのは本当らしく、どの箇所も地面の感触はなかった。そのかわり背と脚になにかはある。時間をかけて状況を整理し、はたと気づいたのは、あろうことか自分はこの目の前にいる青年に抱きかかえられているという事実。

（マジで……!?　お姫様抱っこ……！　っていうか、なんで俺……）

　どこのゲームキャラクターかと思うほどの美麗な男に、ヒロインよろしく横抱きされている事実は玻璃に衝撃を与えた。だが、驚きに大声を出そうとしたものの、目眩と頭痛がひどくて悲鳴すら上げられない。それにまだ意識も靄《もや》がかかっているようだ。

　こんな現実離れした出来事は夢に違いない。コスプレした外国人のイケメンにお姫様抱っこされるなんて、実際にあったらお笑いだ。最近実験で忙しく、ストレスを抱えていたから、そのせいで妙な夢を見ているのだろう。

　玻璃の頬に受ける風も、自分を抱く逞《たくま》しい腕の感触もひどくリアルなものだが、現実とは到底受け入れられない。

　そもそも超絶美麗な青年にお姫様抱っこされている時点で、夢としか思えなかった。

　だったら、目が覚めるまでこの奇妙な夢を楽しもう、と玻璃は自分の身をゲームキャラのような青年に任せる。

　揺れまでもリアルだが、この青年は玻璃の身体を丁寧に扱ってくれているのだろう、歩調もゆっくりしたもので意外な心地よさがある。規則的な揺れが気持ちいいと思っているうちに、玻璃はまた意識を手放した。

再び目を覚ましたときには、焚《た》き火の炎が踊っていた。目眩は随分とよくなっていたものの、まだ頭痛が残っていた。

　焚き火は玻璃から少し離れた場所にあったが、それでも暖かさは感じる。とても心地のよい暖かさだ。パチパチと薪《まき》が爆《は》ぜる音を聞きながら、微かに目を開けては閉じてを何度か繰り返すうちに、少しずつ意識がはっきりとしてくる。

　側には人がいるらしく、誰かの談笑する声が聞こえ、また肉や魚を焼く匂いがしている。まだあたりが明るいから、この焚き火はきっと食事のためのものなのだろう。

（……夢にしては随分とリアルだけど）

　それなら、よほど作りの込み入った夢だ。夢の中で夢を見るという、夢中夢というのもあるらしいが、玻璃は一度もそういったものを見たことがない。それに、今感じている焚き火の熱や、このおいしそうな匂いがとてもリアルで、玻璃はどうにも夢と思えなかった。

　もしかしたら、研究所の人たちがバーベキューをしているのかもしれない。

　きっとそうだ。

　たぶん、自分が目眩を起こして倒れているうちに、用意をしたのだろう。そうだ、歓迎会をしようとも言っていたし、案外サプライズで開いてくれてたのかも——だから、目を開ければ見知った人たちがいるはず。金髪碧眼《へきがん》の青年にお姫様抱っこされたことは、あれこそが夢だったのに違いない。

　玻璃はそう思いながら少し身じろぎをし、ゆっくりと目を開ける。

「うわっ！」

　思わず声を上げたのは、先ほど夢の中で自分を抱えていた美しい青年が、玻璃の側で跪《ひざまず》き、顔を覗き込んでいたからだ。いきなりきれいな顔が視界に現れて、玻璃は目を丸くする。

「*************？」

美しい青年は玻璃に話しかけているようだが、その口からこぼれる言葉はまるでわからない。

玻璃は英語をそれなりに話せるほうだと思っているが、彼の話している言葉は英語ではなかった。他の国の言葉なのかとも思い、なにかわかるところはないかと注意深く聞いてみたが、どこの国なのかはさっぱりわからずお手上げ状態である。

「***********、************？　******」

困ったな、と途方に暮れていると、さらに青年はじっと玻璃を見つめてきた。

玻璃はわからない、という意思表示のために首を横に振る。これで玻璃の言わんとしていることが彼に通じるだろうか。

すると、青年の側へ駆け寄るようにさらに二人の青年がやってきた。

一人は金髪の青年よりも少し年かさと思える、非常に体格のよい黒髪の男性。もう一人は金髪の青年より年下だろう、玻璃と同じくらいの年回りに見える細身で理知的な感じの青年。

彼らも美形の青年同様、時代がかったコスチュームに身を包んでいる。

（なんだよ……なんのイベントだ？　しかも言葉通じないし……）

ここは日本のはずだ。玻璃はあの研究所から一歩たりとも出ていない。だが、あたりを見回すと、立派な木々が立ち並んでいる。

（映画のロケとか？　だったら辻褄《つじつま》は合うか……）

それならば、彼らのような服装も納得がいく。だけれども、そもそも玻璃がいた研究所はこのような森に囲まれた場所ではなく、無機質な建物が林立しているところだったし、ましてや研究所にいた玻璃をこんな森の中まで連れてくる理由などない。

（あー、わけわかんない）

おまけに後から来た細身の青年は、会話の合間に玻璃を指さしながら金髪の青年になにかきつく言っている。

（……言葉がわかんなくても、俺にいらだってるのはわかる）

彼らの玻璃を見る鋭い視線や語気の強さから、歓迎されていないことは理解できた。

（……ったく、なんだってんだよ。こっちだって状況は理解できてないのに）

文句を言いたい気持ちはあるが、言葉が通じない上、気怠《けだる》さからろくに身体を動かせない。頭痛も治る気配がなくて最悪だ、と玻璃はそっとため息をついた。

すると、金髪の青年は他の二人を制し、下がらせてから玻璃のほうへ向き直り、やさしい笑顔を浮かべながらもう一度話しかけてくる。

「*********……。**********、***********？」

それから彼は懐からなにかを取り出し、それを玻璃の目の前でかざした。

「それ……！」

見覚えのあるものに、玻璃は慌てて身体を起こす。だが、万全ではない身体に負荷をかけたせいか、ぐらりと治まったはずの目眩が玻璃を襲った。

「………っ」

それとともに訪れた嘔吐《おうと》感から、とっさに手のひらで口元を押さえると、青年は玻璃の背をやさしくさすり、金属製の水筒の蓋を開け、その蓋に水筒の中身を注いで玻璃へと差し出した。

「水……？」

それは、どうやら水のようだった。見る限り明らかに水であり、匂いも特にはしない。金髪の青年がやさしさから差し出したものだろう。だが、これを飲んでいいものかどうか玻璃は迷った。言葉も通じず、何者かもわからない彼を信じ切ることもできず、受け取るのに一瞬躊躇《ためら》う。

玻璃の様子がおかしいことに青年も気づいたのか、差し出したその水筒の蓋を一度引っ込める。その後すぐに彼はその水をぐいと呷《あお》って飲み干した。

「あ……」

その飲みっぷりに、玻璃の喉がごくりと鳴った。

自分では気づいていなかったが、かなり喉が渇いていたらしい。水が飲めなくなったとわかって、急に口の中がカラカラになってしまった。

青年はそんな玻璃を見てもう一度蓋に水を注ぎ、それを差し出した。

もしかして、彼は玻璃の不安を汲《く》み取ってくれたのだろうか。なみなみと注がれたそれを断る理由はもうなかった。

「あ……ありがとうございます」

果たして礼の言葉は通じたのか、通じなくても感謝の気持ちはわかるだろうか。そんなふうに思っていると、青年はにっこりと微笑《ほほえ》んだ。とてもきれいな微笑みで、思わず見惚れる。

玻璃は青年から水を受け取り、一気に飲み干すと、干からびた口の中に潤いが戻り、張り付くように残っていた頭痛もすうっと取れていくような気がした。

いくらか玻璃が落ち着いたとき、青年は先ほど玻璃へ手渡そうとしたものをもう一度目の前に差し出す。

「****************?」

彼の手のひらの上でキラリと光ったそれに向かって、玻璃はゆっくり手を伸ばした。

金髪の青年が持っていたのは、間違いなく玻璃がこの前買った水晶のペンダントだった。そしてそのペンダントの水晶に指先が触れると、『やっぱりこれはきみのものだったんだね』と声が聞こえた。

「え？」

目の前の人物と同じ声質だが、誰だろうか。はっとして顔を上げると、青年が玻璃に向かって言葉を発している。

『大事なものなのかな？　きみが倒れていた側にあったから、もしかしたらと思い拾っておいたのだけど、よかった。ああでも、言葉が通じなさそうだし……どう説明しようかな』

不思議なことに玻璃がわかる言葉が突然耳に届きはじめた。そして、彼らが話している言語での言葉も同時に聞こえ続けている。

だが、驚いて玻璃がペンダントから指を離したとたん、言葉は再びわからなくなってしまった。

もしかしたら、と玻璃は青年の手の中にあるペンダントに触れながら言った。

「これは、俺のものです」

そう話すと、青年は驚いたような顔をした。

『きみ、話ができたの？』

やはり、彼ら自身の言葉に重なるように、玻璃にもわかる言葉が耳に入ってきた。感覚的には同時通訳というか、テレビの主音声と副音声を一緒くたに聞いているような感じだ。

玻璃は彼の手からペンダントを受け取るとしっかり握り、口を開いた。

「えっと――あの、今の俺の言葉って、通じてますか……？」

そこではじめて、彼はきれいな青い目を大きく見開く。どうやら玻璃の発した言葉が理解できて驚いたらしい。だとすれば――。

「俺の話がわかるなら頷《うなず》いてくれますか？」

じっと彼の瞳を見つめながら玻璃は尋ねた。自分の立てた仮説が正しければ、言葉は彼に通じているはずだ。するとそれを聞いた彼は、ふわりとやさしい笑みを作りながら玻璃に向かって頷いた。

『ああ、今のきみの言葉がわかるよ。さっきまでお互いまったく通じていなかったのにね』

　彼の言葉も、玻璃に理解できていた。先ほどと同じように、二重音声のようではあったが、元々の彼の言葉に重なるように玻璃にもわかる言葉が耳に響いている。

「……そっか。やっぱり……」

　玻璃は手にしている水晶のペンダントをまじまじと見つめた。おそらく、この水晶のペンダントが翻訳機のような役割を果たしている。

「あの、信じてもらえるかどうかはわかんないけど、たぶんこの水晶に俺が触れているときは通じるんだと思います。えっと……ちょっとこれ持っててくれますか？」

　いまだ不思議そうな顔をする青年に、玻璃はそう言いながら、ひょいと水晶を手渡した。

「ね、俺の言っていることわかりますか？」

　言いながら玻璃は彼の顔を見た。案の定彼は玻璃の言っていることがわからなくなったようだったが、仕組みについては納得したらしい。数度小さく頷いて、玻璃に水晶を返した。

『……不思議なこともあるものだ。しかし、これで私ときみとは会話ができるということだね。けっしてなくさないようにしないと』

　これは返すよ、と青年は玻璃の首にペンダントをかけてくれ、にっこりと笑いかけた。その天真爛漫《てんしんらんまん》な笑顔に玻璃は思わず見とれてしまう。

（……ほんときれいな人だな、この人）

　この水晶のおかげで、彼と会話することができるようになった安心感からか、痛みの残る頭でもようやく今の自分の状況を理解する。見ず知らずの玻璃

をこの青年がここまで運んでくれたのだろう。

「あの……お礼を言い忘れていました。介抱してくださってありがとうございます」

『ああ、気にしないで。でも、無事でよかったよ。ここは狼《おおかみ》もよく現れるし、怪我《けが》でもしたら大変だと思って私たちの野営地まで運んでしまったんだが』

「狼？」

『そうだよ。この森は狼の住処《すみか》だからね。襲われる前でよかった』

　狼など、現代の日本では絶滅している。しかし彼は『よく現れる』だけではなく『住処がある』とも言った。

　そんなはずはない、と言いかけたが、青年の顔に揶揄《からか》いはない。それどころか、真剣に玻璃を心配しているような口調だ。

（やっぱりここは……）

　異世界、その単語が浮かんで慌てて首を振る。

　でも青年の言葉に、むしろここが日本ではないことを裏付ける材料が着々と集まっていた。

『それで、きみはなぜこんなところで倒れていたのかな。見たところ近隣の国の者でもなさそうだし、どこかの国からの旅人？　きみのような装いははじめて見るな……実に奇妙な服だが、細部の縫製はしっかりしているようだ。仕立屋はかなり優秀なのだね』

　奇妙な服、と言われるほど奇天烈《きてれつ》な格好はしていない。カジュアルなジャケットにカットソー、そしてクロップドパンツというごくごく普通の二十代男子のコーディネートである。

　だが、この服装も今はかなり浮いている。金髪の青年や先ほど側にいた二人の青年らの服装から見れば、かなり奇妙に映るに違いない。その状況が、彼らの服装がコスプレなどではないということのように思えてならなかった。

だとすれば、ここは――？

　果たして自分はいったいどこにいるのだろう。

「……ここはなんという国なんですか」

　玻璃は思い切って聞いてみた。彼の返答が予想外なものだと確信しつつも、聞かずにはいられなかった。現に、玻璃の生きる日常にこんな服装の人たちを見たことがなかったから。

『おや、知らないでやってきたのかな？　ここはルウミだが』

　ルウミ、と彼ははっきりと発音した。

「ルウミ……」

　おうむ返しに玻璃は彼の真似《まね》をしてそう口にした。

　ルウミなどという国を玻璃は知らない。それどころか、少なくとも現代の地図上にある国ではないはずだ。

　いきなり自分に突きつけられたあり得ない事実に、玻璃は狼狽《うろた》えた。


（どういうことなんだ……？）

　玻璃の頭の中は混乱しきっていた。日本でないというだけでなく、地図にすらない国に自分はいるというのだろうか。あの揺れの前までは確かに日本の、それも関東《かんとう》にいたはずだ。なのに意識を失っていた間に、とんでもないことが起きていたとは。

　玻璃の顔色がさっと青ざめた。

　これが夢ならと思うが、倒れたときにできたのだろう、手や顔に擦り傷か切り傷のピリピリとした微かな痛みが、それを否定していた。

　ぎゅっと拳《こぶし》を握る。きっと今、自分の手は震えている。少しでもその震えを止めたかった。

（俺はどこに来たというんだ……ルウミなんて国、俺は知らない）

　万が一、小説や漫画のように異世界なる場所に飛ばされたのだとしたら――元の世界に戻ることはできるのだろうか。それに、この着の身着のままでしかない状態で、自分はいったいどうやってこれから過ごせばいいのだろう。

『迷って国境を越えてしまったのかもしれないね。きみはどこからやってきたの？』

「………」

　その問いに玻璃は口を噤《つぐ》んだ。すると青年は玻璃のペンダントへ視線をやりながら続けた。

『水晶はルウミの特産でね、さっき見せてもらったが、きみのそのペンダントの水晶もルウミのものだ。それにこの国のものにはちょっとした特徴があってね……』

　もう一度それを借りるよ、と言って青年は玻璃からペンダントを借り受ける。そうしてなにか小さな石を取り出し、その石とペンダントの水晶を打ち付けると、澄んでやわらかな音が周囲の空気をふるわせた。音には残響がかなりあり、その響きもほっとさせるものだった。

　音を鳴らした後、青年はペンダントを玻璃に返し、『どうだった』と聞く。

「きれいな音……」

『でしょう？　ルウミで採れた水晶がぶつかり合うと共鳴するみたいに響き合うんだ。純度や産地によって音色も多少違うんだが、これは……いや、説明は後にしようか。……だからこれも縁だ。水晶の取り持つ縁ということで、よければきみの行きたいところまで送っていこう』

　にこやかに話しかけてくれるが、その言葉は玻璃の頭の中を素通りしていく。それよりもまるで真実味のない現実に打ちのめされるばかりだ。

　そのため、彼がなにかを言いかけて取りやめたことを玻璃は気づいていなかった。

『どうかしたの？』

茫然《ぼうぜん》とし、返事もろくにしない玻璃に彼は心配そうに声をかけた。

「い、いえ……。助けてくれてありがとうございました」

彼に事実を伝えて頼るべきか。しかしこんな絵空事のような話を信じてはくれないだろう。実際、当の玻璃もあり得ないと思っているくらいなのだから。

それにもう、期待を裏切られるような思いはしたくない。心やさしき青年を困らせないためにも、頼ることはできなかった。

「もう大丈夫だから。……俺はこれで」

そう言って玻璃は立ち上がろうとした。だが、まだ身体がふらつき、再びその場にしゃがみ込んでしまう。頭痛も目眩もよくなったと思っていたが、まだ完全には治っていなかったようだ。

『無理をしてはいけない』

すぐに青年が玻璃を抱きかかえる。その大きくやさしい手に安心感を覚えたが、それに甘えるわけにはいかない。

「す……すみません……」

『倒れたときに頭をぶつけてしまったのかもしれない。そういうときは急に動いてはいけないのだから、しばらく動かないように。さあ、座って』

そう言いながら彼は玻璃をゆっくりと、木の幹にもたれかからせるようにして座らせる。

本当に親切な人だと玻璃は思うが、事情を深く追求される前に立ち去りたい。だが、目の前の青年はまた玻璃が無理をするのではないかと心配そうに見つめていて、罪悪感が募った。

「ありがとうございます。でも、見ず知らずの方にこれ以上お世話になるわけには……」

『なるほど。では見ず知らずでなければいいでしょう？』

どこか企《たくら》むように言う彼に、玻璃は虚を衝《つ》かれたように「え？」と聞き返す。

『私はスヴェン。——さあ、私は名乗ったのだから、もう見ず知らずではないよ。きみの名前は？』

　スヴェンと名乗った青年はにっこりと笑う。

「屁理屈《へりくつ》だ……」

『でもこれで、きみはスヴェンという人間と知り合ったわけだ。ほらね？』

　ふふっ、と彼は得意げに微笑んだ。

　彼の言うとおり、名乗られたことで見ず知らずではなくなってしまっている。いささか呆れてしまったが、相手に名乗られて自分が名乗らないのは失礼だろう。しぶしぶ口を開いた。

「――玻璃」

『ハリ？　きれいな響きの名前で素敵だね。それで、きみはなぜすぐにどこかへ行こうとしたの？　私たちが怖かった？』

「いえ……そういうわけじゃないけど……勝手に行動したのは謝ります。でも……」

　玻璃は言いながらそっと視線を外した。じっと見つめてくるスヴェンの視線に耐えられなかったのだ。

「俺のことは放っておいてください」

『……そうはいかない。こんなところにきみを放っておいて、狼にでも食われてしまったら、こちらの寝覚めが悪い。それで、どこに行くつもりだったの？』

　どこにも行くつもりなんかない。いきなりこんなところに飛ばされて、どうしていいのかわからないだけだ。

　それだけのことが素直に伝えられず言いあぐねていると、スヴェンが『ああ、そうだ。この板もきみのものかな？』と、思い出したように懐からあるものを取り出してこちらに差し出す。

　それは玻璃のスマホだった。客観的に見れば板といえば板だが。その言い方がおかしくて、つい表情を崩してしまう。その様子に、スヴェンはうれしそうな声を上げた。

『ああ、ようやく笑ってくれたね』

「だって、板なんて言うから。……でも、それは俺のものです。ありがとうございます」

『だったらよかった。それにしても妙なものだね。石版かと思ったが、文字が書かれているわけではないし』

「あー……これは……」

　玻璃はスヴェンからスマホを受け取ると、電源を入れてみた。

　しかしそれは、一瞬起動したかと思ったが、バッテリーの残量がなかったらしく、画面が暗くなったきり電源が入ることはなかった。だが、ここが元の世界ではない以上、スマホなど無用の長物だろう。

「やっぱりあなたが言うとおり、板ですね」

　肩を竦めながらそう言うと、今度はスヴェンがくすくすと笑った。

『きみは面白い子だね。……そうか、その板はやっぱりただの板ではないのか。——なるほど』

　スヴェンはなにか考え込むような素振りを見せ、そして『どうやらきみはこの世界の人間ではないのでは？』と尋ねてくる。

　思ってもみなかった言葉に玻璃は驚いた。

「………」

　言い当てられたはいいものの、どう返答していいのかわからず、押し黙ってしまう。

『もしかして図星なのかな？』

　聞かれても玻璃は答えられない。

　違う、と言い切るには、玻璃の見た目だったり、持ち物だったりがこの世界とそぐわない。仮に他の国から来たと言い訳をしようにも、玻璃自身、この世界のことをまったく知らないのだ。

（でも……）

　幼い頃の嫌な経験が蘇る。

　周りの人々は玻璃を揶揄うばかりで、玻璃の言うことを信じてくれない……そんなことは何度もあった。

　どう答えようか言いあぐねていると、スヴェンが玻璃の顔を覗き込んだ。

『この国の古い歴史に、そういう人がいたことがある、とあってね。きみのその服装も、そしてきみの持っているその水晶の力も、そう考えると納得がいくと思って。やっぱり別の世界からやってきたんだね？』

　考えあぐねていた一歩を、スヴェンにあっさり踏み込まれる。

　図星を指され驚いて顔を上げた。そのとき見えた彼の瞳がやさしくて内心ほっとしたものの、そのまま伝えていいものか躊躇《ちゅうちょ》する気持ちはまだ残る。

『なにを聞いても驚かないよ』

　その瞳に嘘はないように思える。彼は自分の言葉を信じてくれる。

　スヴェンのその一言に背を押され、これまで言えずにいた己の境遇を伝えるため、玻璃はまず深く頷く。スヴェンが自分の話を信じてくれますように、と願いながらおそるおそる口を開いた。

「……どうやらそうみたいです。……ここは俺がいた世界じゃないみたいだし。いきなりこんなところに飛ばされて、俺もなにがなんだか」

『それは突然ってこと？』

　興味深げなスヴェンの問いに玻璃が応える。

「そう……。ハリィ、って……俺を呼ぶ知らない声が聞こえたかと思ったら、いきなり地震が起きて」

　そうだ。あの瞬間、ひどい目眩と頭痛に襲われたのだ。その後意識を失って——そして目が覚めたらここにいた。

　スヴェンにそう説明すると、彼は納得したように相槌《あいづち》を打つ。

『ではその女性の声がきっかけで、ここに、ということなのかな？』

「……うん。はじめはあなたの言葉もわからなかったし、焦ってしまって」

『それが、その水晶のおかげで言葉がわかるようになった……そういうことか。きっとこの水晶がきみをここに連れてきたのかもしれないね』

　スヴェンはにこやかな笑みを浮かべた。するとそのときだった。

『スヴェン様！　いいかげんになさってください！』

　割って入るように、先ほどの青年の一人が現れ、大きな声を出した。

　細身の年若い青年のほうだ。彼は激高し、玻璃を鋭い目つきで睨《ね》めつける。

『なにがだい？　アクセル』

　アクセルと呼んだ声を荒げている青年に、スヴェンは穏やかな口調を崩すことなく聞き返した。

『他の世界から来たなどと大昔の言い伝え……！与太話に過ぎません。ほら吹きの言うことを真に受けないでください。そもそも、こんな得体の知れないやつを拾うこと自体、私は反対したはずです。もう気がついたのだし、我々の義務は果たしました。こんなやつなど領地の外に放っておけばよいのです。それに早く戻らねば日が落ちてしまいます』

　アクセルという青年は不機嫌を露わにし、玻璃を指さしながらそう言った。するとアクセルの背後から、もう一人いた頑健なほうの青年が顔を出す。

『アクセル、そのくらいにしておけ』

　彼はアクセルを諫《いさ》めるように肩を叩《たた》いた。

『ヨナス！』

『あまり、キーキー言いなさんな。——とはいえ、だ。スヴェン、人が好《よ》すぎる性格は美徳だが、アクセルの言うことも、頷けるところがないわけじゃない。俺も正直、見ず知らずの人間の言うことを丸ごと鵜《う》呑《の》みにするのはどうかと思う。見方によってはこのような妙ちきりんな格好も、もしかしたらおまえに取り入るつもりでしているのかもしれないだろう？　おまえはその立場にしては少々人が好すぎる』

玻璃に対してずいぶん好き放題に言われているが、幼いころに言われてきたことと大差ない。むしろこの状況では、陰でこそこそと言われるより、今のようにはっきり目の前で口にされるほうがましな気さえした。

それに森の中で倒れていた、明らかに怪しい玻璃に好意を持てと言われるほうが、どだい無理というものだろう。彼らの気持ちもわからないではない。

『ヨナス、言いすぎだ』

スヴェンはヨナスと呼んだ頑健な男を諭すように言った。

「いいよ、そう思うのが普通だもの」

自分の身に起きた話を信じてほしいとは思わない。第一、自分が一番信じていないのだから。

ヨナスはそれ以上、玻璃に向かって言葉を投げはしなかったが、観察するように頭のてっぺんからつま先までじろじろと玻璃を見ていた。その視線は正直なところ愉快なものではなかったが、逆の立場からすれば、確かに自分のような人間は不審者扱いされて当然である。彼の反応が一番正しい。

ちら、と横目でスヴェンを見ると、彼も玻璃のほうを見ていたのか、目が合ってしまう。

彼はじっと玻璃を心配そうな目で見ていた。その瞳に耐えられなくて、思わず視線を外したが……うまく言えないが、スヴェンの言葉だけは信用できるような気がしていた。

いくら言い伝えにあったとはいえ、それをそのまま信じる人はそういないだろう。

なのに、玻璃の話に耳を傾け、寄り添う言葉をかけてくれた。

これまで人のことなど信用したことなんかなかっ

たのに、と玻璃は内心で苦笑する。だからこそ、スヴェンが向けてくれた笑顔と、玻璃の話を聞いてくれたことが素直にうれしい。しかし彼が仲間との板挟みの状況では、このままいても迷惑をかける。スヴェンのためにも、自分は早く去るべきだ。

「……俺なら大丈夫。皆さんの言うとおり、もう俺のことは構わなくても一人でなんとかできるから」

　いつものように取り繕う。しかし、スヴェンは小さく首を横に振った。

『嘘はいけないよ。ほら、こんなに震えているのに、大丈夫なんてことはないでしょう』

　スヴェンは玻璃の手を握った。そこではじめて、自分の手が小さく震えていたことに気づく。震えるほど、自分は不安だったようだ。

『まあ、坊主も早まるな。話は最後まで聞け。さっきは可能性の話をしていただけだ。おまえのような、まったく鍛えもしていないような生っちょろいやつが俺たちにどうこうできるとも思ってないんでな。それにせっかく助けたのを、また放り出して狼の餌になるのも夢見が悪い。だから城へ一緒に連れていけばいいと、そう言おうとしていたのだ』

　苦笑いを浮かべながらヨナスが言うと、アクセルが目をつり上げて『ヨナスまで！』といきり立った。

『アクセル、そんなに目くじらを立てるな。おまえがそれほど心配に思うなら、きちんとスヴェンの護衛をしてやればいいだけだろう』

　ヨナスがそんなふうにとりなした、そのときだった。

　――玻璃。

　不意に玻璃の耳にあの声が聞こえてきた。あの、地震の前に玻璃を呼んだ、クリスタルベルの音色のような、透明感のある女性の声。

「声……」

　玻璃ははっとして振り返る。しかし、そこにはスヴェンたちしか見当たらない。

『ハリ？』

「声……声が聞こえる。ね、聞こえない？」

玻璃はスヴェンに聞くが、『いや、なにも聞こえないが』と彼は首を横に振った。

——玻璃……ハリィ……。

声はこれまでよりもはっきり、誘うように名前を呼んでいる。

『なにか聞こえるのか？』

彼に尋ねられたが、玻璃の耳には彼の声は入らず、いつしか玻璃を呼ぶ女性の声しか聞こえなくなっていた。そして幾度も呼ばれるうちに、どうしてかその声のほうへ行かなければという衝動に駆られる。

——ハリィ……こちらへ来て。

この声は、いつも見る夢で聞いていた声によく似ている。あの夢でも誰かが自分を呼び、そして夢の中の自分はその声のほうへ向かっていくのだから。

行かなくちゃ。

玻璃は突き動かされるような思いのまま、ふらふらと立ち上がると、遠くのほうを見やった。

『ハリ！　どうしたんだ……！』

スヴェンに腕を摑《つか》まれるが、玻璃はそれを振り払い、声のするほうへ足を進める。いつの間にか目眩も頭痛も治まり、身体も軽くなっていた。

『待ちなさい、ハリ！』

スヴェンが玻璃を追いかけてくる。

草の葉や木の枝で手足に切り傷を作っても、まるで気にならない。

茂みをかき分け、開けた視界の先にあるのは……。

——玻璃、こちらよ。

森の中にある洞窟から、その声はしており、はっきりと玻璃を呼んでいた。

神聖な空気をまとう洞窟の前で立ち止まる。深い森の中にぽっかりと開いた空洞はとても暗く、おそらく普段の玻璃ならば足を踏み入れるのは躊躇したことだろう。しかしこのときは先のことなどなにも考えておらず、ただこの中に行かなければとそれだけを考えていた。

「……？」

　洞窟の中でなにかキラリと光ったような気がした。玻璃が目を眇《すが》めて洞窟の奥を見つめると、そこに差し込んでいる日の光になにかが反射しているようだ。

『ハリ！』

　光に誘われるように玻璃が洞窟に入ろうとすると、背後からスヴェンの声がした。女性の声に埋め尽くされた玻璃の頭にその声はなぜか届いて、一瞬意識が引き戻される。

　だが、洞窟の中に入ろうとするのをスヴェンに止められても、必死のアクセルとヨナスの姿が目に入っても玻璃の身体は自分の意志では止まってくれない。

『スヴェン様、やはり敵国の諜者《ちょうしゃ》では』

『悪いがこいつを捕まえるぞ』

　アクセルとヨナスの声も次第にはっきりしてきて、どうやら玻璃をスパイかなにかだと疑っているようだった。

（諜者？　敵国？　そんなもの俺は知らない。俺はこの声に呼ばれているだけ――）

　ヨナスが玻璃に『止まれと言っている』と強い力で肩を掴んだ。彼の指が玻璃の肩に食い込み、玻璃をこれ以上行かせまいとしている。

「離せ、俺を呼んでいる人がいるんだ。聞こえないのか、この奥から――」

　玻璃はヨナスの手を振り払おうとしたが、そんなものはヨナスにとっては虫が触った程度のことでしかないようで、ぐい、と今度は腕を掴まれそれ以上進むことはできない。

『あの洞窟は、よそ者のおまえが入っていい場所ではない』

　だが、玻璃の言い分は届かなかったようでヨナスは玻璃を離すことはなく、逆に羽交い締めにされてしまう。

　やっぱり、ここでも自分の言うことをちゃんと聞いてくれる人はいないのか――。

　がっくりと肩を落としていると、スヴェンが玻璃のほうへ歩み寄ってきた。

『ヨナス、少し力を緩めてやれ』

　スヴェンの言葉にヨナスは目を剝《む》く。よほどその言葉が意外だったのか、ヨナスはスヴェンに食ってかかるように大声を出す。

『スヴェン、なにを言っている……！　こいつは洞窟に入ろうとしているのだぞ』

『そうですよ、スヴェン様。洞窟にはこの国の者しか入ることは許されません』

　ヨナスとアクセルは口々にそう言った。

『まあ待て。そう喧嘩《けんか》腰になるな。玻璃は近衛《このえ》随一の剛力なおまえに捕まったのだぞ。彼の華奢《きゃしゃ》な身体ではそれ以上動くことはできないさ。だったら少しは話を聞いてやってもいいだろう？』

　そう言うと、スヴェンは玻璃へ向き直る。

『――ハリ、おまえはあそこに行かなければならないと言ったな。なぜだ』

　ヨナスに羽交い締めにされたままの玻璃にスヴェンは尋ねた。

「――声が……俺を呼ぶ声があそこから聞こえるんだ」

『声？　さっきからそう言っていたね。なんの声だ』

「知らない……！　でも、ずっと俺の名前を呼んでいるんだ」

　どう彼に説明していいのかわからない。この声がして研究所から飛ばされてきたことも、小さい頃から夢でこの声を聞いてきたことも、まだ自分でもよく理解できないでいるから。

『適当なことを言ってるだけじゃないのか。声なんか我々にはなにも聞こえていない。嘘をつくのも大概にしろ』

　冷たい口調でアクセルが言う。

「違う。あんたたちには聞こえないのかもしれないけど、俺にはずっと聞こえてるんだ。あの声がしたときに地震が起こって、俺はここにやってきた。そしてまた……」

《玻璃……！》

　ひときわ大きな声が玻璃を呼んだ。

「呼んでる……。頼む、行かせて。あそこがあんたたちの神聖な場所だっていうのはわかった。でも、この奥で俺を待っている人がいるんだ」

　玻璃は必死に頼み込む。玻璃の側でアクセルは相変わらず『今度は泣き落としか』と嫌みたらしい言葉を吐いていたが、スヴェンに『黙りなさい』と諫められた。

　また、スヴェンはヨナスに玻璃から手を離すように言い、ヨナスはしぶしぶスヴェンの言うとおりにする。その後、スヴェンは改めて玻璃の顔をじっと見る。

『ハリ、その声というのはさっききみが話してくれた、ここに来るきっかけになったという声ということか？』

　玻璃は頷く。彼は先ほどの話を覚えていてくれたのだ。

『そう……』

　スヴェンは少し考え込むような素振りを見せた。そして玻璃の側までやってくると、玻璃の首元にかけられたペンダントに手を触れる。

《玻璃……玻璃……こちらへ……》

　彼がペンダントに触れたとき、同時にまたあの声が聞こえた。

ただ、これまでと違ったのは、声がしたときにスヴェンの顔色がさっと変わったことだ。

『ハリ、きみの言うことがわかった。私にもきみが言う《声》が聞こえた。確かにきみを呼んでいたのを私も聞いた』

「スヴェンさん……！」

『不思議なことだ。その水晶に触れたところから、身体の中に声が染み渡ってきた。それに――私はあの声の主を知っている』

「え……？」

玻璃は目をぱちくりとさせた。

『あの声が呼んでいた場所にも心当たりがある。案内するからついておいで』

思ってもみなかった言葉だ。だが、これで自分を呼ぶ声の正体がわかる。ここに自分がやってきた意味も。

『スヴェン様！　いけません！　これ以上は……！』

アクセルがスヴェンの前に立ち塞がる。

『アクセル、これは命令だよ』

『ですが――』

『ハリの言うことは嘘でもなんでもない。私にもハリを呼ぶ声が聞こえたのだ。……リデルの声で』

『リデル様の……？』

スヴェンの話を聞いたアクセルとヨナスは大きく目を見開いた。

『どういうことですか、スヴェン様。リデル様の声とは……！　だって、リデル様は――』

『私にもどういうことかはわからない。だが、リデルの声はハリを呼んでいた。であれば、ハリをリデルの元に連れていかねばならないだろう？』

『わかった』

そう真っ先に返事をしたのはヨナスだ。

『そういうことならば、スヴェンの言うとおりにする。――リデル様の声を……聞けるかもしれないしな』

　ヨナスの言葉で、なにか言いたげだったアクセルもしぶしぶというように口を噤んだ。

「あの、リデル様って……？」

　ヨナスもアクセルもリデルという名前を聞いて、明らかに動揺した。そしてスヴェンは、声の主であるらしいリデルという人のところに玻璃を連れて行こうとしている。

『私の姉だ。きみの言うとおり、この奥にいる。——では、参ろうか。ハリ、洞窟の中は複雑に入り組んでいて、迷路のようになっている。それにけっして安全というわけではない。くれぐれも私たちから離れないように』

　スヴェンはにっこり笑ってそう言うと、玻璃の同行を許したのだった。

　けっして安全ではない、とスヴェンは言ったが、そのとおりだった、と玻璃は少し歩いただけで痛感していた。

　洞窟内は悪路で道が入り組んでいる。スヴェンらが明かりを持っていたから、かろうじて進むことができたが、そうでなければどうなっていたことか。

　それに洞窟というと、冷涼なイメージがあるが、ここは奥に進むほど蒸し暑くなっていく。

（結構暑いな……）

　高温多湿な日本で生まれ育った玻璃でも、さすがに少し暑いと感じる。洞窟の外、森の中が非常に爽やかで過ごしやすかったことと比べれば、ここはまるで違っていた。

　だが、その暑さの理由もすぐにわかった。

「あ……これは……」

　地上の光が届かなくなった頃、ヨナスが持つ明かりに照らされてなにかがキラキラと光っている。

「ハリ？」

　立ち止まった玻璃に気付いたスヴェンが振り返った。

「すみません。これが気になって……水晶ですね」

　玻璃が触れると、それは仄かに発光する。まるで玻璃を歓迎しているようだった。

『ああ、そうだよ。このフェルテ洞窟は水晶洞窟だからね』

　水晶洞窟と聞いて、この暑さにも納得がいった。水晶は熱水鉱床から形成される。地下に多く存在する熱水は様々な鉱物を含んでおり、温度が下がることなどによって、熱水中の有用元素などが岩石中や海底などで沈殿してできるのが熱水鉱床である。

　これだけ暑いのは、洞窟内ではまだ水晶が成長しているという証のようなものである。

『――ハリ、ここから先は道を間違うと、大変なことになる。必ずこの目印のとおりに進むこと』

　スヴェンはそう言って、分かれ道の壁をランプで照らした。

　そこには花のような模様が描かれている。

『スヴェン様！　そのようなことをこやつのような怪しげな者にお話しになるなんて……！』

　アクセルが嚙《か》みつくように文句を言う。

　彼にはよほど嫌われているらしいな、と玻璃は内心で苦笑いをするが、これもまた慣れっこだ。好かれなくても構わないから、聞き流せる。

『別に構わないさ。秘密でもなんでもない。間違うと命に関わるからね。うっかりこの洞窟に入り込んだ人間が死んだなんていうのは、目も当てられないだろう？』

　それだけのことだよ、とスヴェンはあっけらかんと言う。

『それより、アクセル。ハリのことを怪しげな者と言い続けるのはやめなさい』

『ですが！』

『ハリは、このフェルテの石を持っている。それがどういうことかわかるだろう？』

『こやつの水晶がここの石だというのですか!?　なぜここの石を……！　やはり賊の一味なのでは』

『アクセル、落ち着け。ハリの持つ石は、石の共鳴音から明らかにこのフェルテのものだ』

　スヴェンの言葉にアクセルは押し黙った。

『フェルテの石の採掘は王家の許可の下に、巫女《みこ》の力がなければできないのはルウミの者なら誰でも知っているだろう？　それに例え賊が盗み出したとしても、これほど美しく研磨できるのは、王族お抱えの限られた研磨師だけだ』

『それは……』

『だから、ハリがその水晶を持っているとするなら、それは過去の王族の誰かがハリに授けたものということだ。ならばハリは我が王家にとって客人ということになる。おまえもそのつもりでいなさい。ヨナスもいいね』

　二人の会話を側で聞いて、玻璃はひどく驚いていた。

　産地や純度で共鳴音が違う、と彼が言ったことを思い出す。

　もしかして、さっきスヴェンが玻璃へ説明しようとしたのはこのことだったのか。

　そして自分の首にかけてあるペンダントへ視線をやる。胸元で揺れているこれが、この国の、それもこの洞窟からしか採石されないものだとは、にわかには信じられないでいた。

（王家の人じゃないと、欠片《かけら》も掘り出せないって、不思議……）

　だが、腑《ふ》に落ちるところもある。この水晶は彼らの言葉を自分に伝えてくれ、自分の言葉も彼らに通じるようにしてくれているのだから。きっと玻璃には想像もできない不思議な力がこの石には宿っているのだろう。

『…………承知しました』

アクセルは渋々というようにそう返事をした。

それから何度かの分かれ道を、先ほどの花のような模様を目印にして進んでいく。それにつれ、玻璃を呼ぶ声も近づいてきた。

（あれ……空気が……）

何度目かの花の模様の印を見つけたところで、空気がふっと変わった。今まで蒸し暑かったが、すうっとひんやりした風が玻璃の頰を撫《な》でていったのである。

『ここだ』

スヴェンがそう言うと、いきなり視界が大きく開けた。

そこはかなり大きな空洞で、とても広い場所である。その空間に水晶の大きな柱がそこかしこに林立しており、まるで水晶の森のようだった。不思議なことに明かりなしでも非常に明るいのは、どうやら水晶自ら微かに発光しているらしい。ひとつひとつの水晶柱の発光はわずかでも、集まるとそれなりの光量になる。なんとも幻想的な空間だった。

さらに玻璃が足を踏み入れたとたん、その光量が増し、まばゆさに思わず目を細める。

「すごい……！」

玻璃が感嘆の息をついた。

あまりの美しさにその場から動けないでいたが、そのとき玻璃の耳に例の声が飛び込んできた。

《ハリィ——来てくれたのね……ありがとう……》

はっとして、玻璃は耳を澄ませた。

その声が聞こえたのはどうやら玻璃だけではなかったらしい。スヴェンもそれからヨナスもアクセルも驚いたように目を見開いた。

『スヴェン……！　これは……！』

　ことのほかヨナスが驚いたらしく、動揺を隠しきれないとばかりに大きな声を出す。これだけ取り乱した彼を見るのは、玻璃が彼らに出会ってからはじめてだ。アクセルは常にカリカリとしていたが、ヨナスはここまで感情を露わにはしていなかった。

『しっ、静かに』

　スヴェンはヨナスの言葉を遮った。

《…………》

　ヨナスの声が空洞内に反響して例の声を打ち消してしまう。

《スヴェン、皆をここに……》

　声はスヴェンに命じた。スヴェンは玻璃に「こっちだよ」と促す。言われるままに足を進め、ひときわ大きな水晶柱へと向かった。

　そこでは美しい女性が水晶の中にいた。

　金色の長い髪も、青い瞳も、桜色の肌も、透明な水晶に封じ込められている。例えば、生花を氷漬けにしたものがあるが、まるでそんなふうに。

　それは芸術品のような美しさではあったが、ひどく残酷な光景でもあった。

「…………」

　とても信じがたい光景を目《ま》の当たりにして、玻璃は声も出せずに立ち尽くす。

　現実ではあり得ないことだ。なぜこんなことになっているのか。

『驚かせてすまなかったね。びっくりしただろう？』

　スヴェンが手を引いて、水晶の中の女性の前に玻璃を連れていく。

《はじめまして、ハリィ》

　彼女は玻璃のことを真珠のように「ハリィ」と呼んだ。それがなんとなく引っかかっていると、彼女は小さくふふっ、という笑い声を上げる。

《私がハリィ、って呼ぶのを気にしているのね》

図星を指され、玻璃は目をぱちくりとさせた。

《あら、驚かせてしまったみたいね、ごめんなさい。私がハリィと呼んだときにあなたの心の揺らぎが見えたから……改めて、私はリデルといいます……このルウミの王女であり、巫女でした》

　その声は、玻璃のペンダントの水晶を通じ、あたりの水晶へと声を反響させる。玻璃の水晶がリデルの声を出力させるアンプで、あたりの水晶がスピーカーといった役割なのだろう。

　玻璃の水晶はここのものだとスヴェンが言っていた。さっきまでは玻璃の水晶を持った者しか彼女の声は聞こえなかったが、ここに来たとたんみんなに聞こえるようになったのは、ここがすべて同じ性質の水晶でできているからなのだろうか。

《あなたを呼び寄せたのは私です。あなたがこのフェルテの石を引き寄せ、そして手にしたのは、あなたにその力があったから。あなたが古い言い伝えにある、石と心を通じ合わせられる人だったから——ほら、石たちもあなたが来てくれて喜んでいるわ》

　リデルの言葉に、あたりの水晶はそうだと同意するようにきらめく。

（この人が自分をここに……）

　王女で巫女——玻璃は複雑な気持ちで彼女を見つめていた。

　こんなところに呼び寄せた文句を言ってやりたい気持ちと、けれど、水晶に閉じ込められている王女が自分を呼んだのにはなにか事情があるのかと思う気持ちとがない交ぜになって、なにも言えなくなる。

（というか、彼女が王女ということは、スヴェンは彼女の弟ということだから王子……？）

　ハッとして、玻璃が隣を見る。そこにいるスヴェンは言われてみるとその美しさといい佇《たたず》まいといい確かに王子そのものだった。

（王子様……だったんだ……）

次から次に起こる出来事に玻璃の頭が追いつかない。

『リデル……なぜ彼を。リデルがこの水晶に封印されてから、私たちは会話することもできずにいた。今は彼のおかげで、話すことができているのはわかっている。彼に特別な力があることも承知した。だが、彼を呼び寄せた理由をきちんと教えてほしい。彼はなにも知らずにここに来たらしいのだから』

茫然とする玻璃の代わりというように、スヴェンがリデルに尋ねた。

《わかっています。そのために玻璃を……ここに来るように呼び寄せました》

リデルは玻璃をこの世界に呼び寄せた理由をゆっくりと語りはじめる。

それはとても長い話となった。

《私の巫女としての役割は、この世界において人々の持つ強い悪意のような負の感情を、ここにある水晶を用いて浄化することにありました。悪感情をもたらす瘴気《しょうき》を水晶に封じて……。ですからこの百年ほどは、どの国にあっても大きな争いごとには発展せずにいましたし、そうして災厄を鎮めてきました》

ですが、とリデルの声が悲しげになる。

その瘴気を封じ、浄化してきた水晶が暴走し人格を持つようになったとのことだった。

《百年の間人々の悪意を吸収し続けてきたせいなのでしょう。力が衰えた水晶は突如として悪意に染まり、邪気をまとわせて魔石となってしまいました。人格を持った魔石は、悪意に満ちている人間たちを疎み……世界を破滅に導こうとしています》

世界を破滅させるわけにはいかないとリデルとスヴェンらが魔石をこの水晶洞窟の地下深く——マグマとともに封じようとしたとき、逆にリデルが水晶に封じられてしまったという。以来、リデルはこの水晶の中で意識だけが残った状態で閉じ込められている。

そして、リデルの弟であり、ルウミの王子であるスヴェンらはその魔石を破壊するために、毎日奔走しているということだった。

《魔石の力は非常に強いものです。巫女であるはずの私が……まるで歯が立ちませんでした。ですから、あなたを呼んだのです。玻璃》

リデルは水晶の中で体内活動を停止しているが、意識はあり、巫女としての力も残っていないわけではない。だが力は玻璃を呼び寄せたことでほとんど使われてしまい、残っている力でかろうじて、玻璃へ声を届けることができるくらいなのだそうだ。

本来の力を回復させるためには魔石を消滅させること。でなければ、彼女はここから出ることはできないという。また、リデルの力がなければ、人々を癒やすことも、悪意を浄化することもできず、結果この世界の破滅に拍車がかかるだけだと言った。

「でも、俺にはそんな恐ろしいものを破壊する力なんて……。ただの人間ですよ。そんなの無理に決まってる」

玻璃は反論した。

ただの、なんの力もあるはずがない自分にそのようなものを破壊させられるはずがない。そんなことで自分が呼ばれたのだとしたら、見当違いもいいところだ。ＲＰＧの勇者でもあるまいし。

勇者というのは自分の隣にいる、美しい青年——スヴェンのような人だ。

《いいえ、玻璃。あなたは自らフェルテの石を見つけたわ》

「そんなの……！」

《聞いて、玻璃。実は数百年前にも魔石が現れたことがあったの。そのときに魔石を封じるために使われたのもこのフェルテの水晶だった。魔石と戦った際、フェルテの石は砕けて空に飛び散ったと伝えられている……その中に、あなたの世界に飛んでいったものもあったのでしょう。もしかしたらそれだけではなく、あなたがこちらに来たように、過去にその石を持ってあなたの世界に誰かが行ったのかも。いずれにしても、その石があなたを呼び、あなたはそれを手にしたわ。そして私の呼びかけにも応えてくれた》

　こじつけもいいところではないか。この水晶のペンダントを見つけたのはただの偶然だ。リデルは石が呼んだとしきりに言うが、通りかかったところにあっただけなのに。

《でもあなたはそのお店に入ったのでしょう？》

「それはそうだけど……」

《それにね、玻璃。あなたには私の声が聞こえ、反応した。そして、私の声に反応したのは玻璃だけだった……。それはあなたがその石と力を持っていたからよ。力が使えない今の私では、残念ながらあの魔石を破壊することはできない》

　その声はとても強い悲しみと悔しさが滲《にじ》んでいた。

《玻璃……あなたの力はあなた自身が思っているよりもずっと強いの。現に、あなたがここに来てくれたおかげで、スヴェンたちと話ができるようになった。それはここの水晶たちがあなたの力に呼応して、私の力を増幅してくれたおかげ。だから……あなたならきっと魔石を封じるためにスヴェンたちの力になれるはず。あなたは私たちの希望なの。だからお願い、あなたの力を貸して》

　お願いします、とリデルが懇願する。だが、希望と言われても、なんの力も持つわけでない玻璃は首を横に振る。

「俺になにができるというんですか。あなたたちの希望になるような力なんて……！」

　玻璃は声を張り上げた。

　むちゃくちゃだ。こんなところにもう一秒だっていたくない。

『ハリ、気持ちはわかるが、私たちに力を貸してくれないだろうか。リデルだけでなく、この国を救うためには、魔石をなんとしても退治しなければならないのだ』

　スヴェンに真剣なまなざしで見つめられ、玻璃はそれ以上の言葉をぐっとこらえた。それほど彼の目はいちずなものに思え、簡単に首を横に振ることができなかったのだ。

『それに、たぶん、きみが元の世界に帰るためにはリデルの力が必要なはず。……脅すような言い方になってしまうが、リデルを水晶から解放して力を元に戻さなければ、きみは帰ることができない』

　それを聞いて愕然《がくぜん》とした。

「じゃあ……俺が帰るためには、結局その魔石というのを壊さなくちゃいけないってこと……？」

『そうなるね』

　スヴェンの返事に、玻璃は目の前が真っ暗になる。なぜ、という言葉が頭の中でぐるぐると回っていた。なぜこんな目に遭わなければならないのか。

　地球ですらない場所で恐ろしい怪物のようなものと戦わなければ、帰ることすらできないなんて。

《玻璃、聞いて。もう、この国の民は安心して出歩くこともできなくなるほど瘴気が強まってきているの。このままではルウミ……いえ、いずれは世界中が暴虐にまみれてしまう。私もこんなふうになってしまい、一度は絶望したわ。でも、見つけたの。あなたという希望を》

「大げさです。希望だなんて」

《いいえ。言ったでしょう？　玻璃にはそれだけの力があるの。信じて。そして、私たちを助けて……お願い》

　リデルの懇願する声が響く。

泣きそうだ、と玻璃は思った。けれど泣いたところで帰れるはずもない。

「………わかった」

渋々、玻璃はそう答えた。

「でも、俺はどうしたらいいのかわからない」

自分ではそんな力があるなどと思ってはいない。具体的にどうしたらいいのか、まったくわからないと不安をこぼす。

《願いを込めるの。ハリィ、水晶にあなたの願いを込めて……強く念じて。そうしたら、きっと水晶はあなたに応えてくれるわ》

「水晶が……」

《ええ。水晶があなたを助けてくれるはず》

リデルの言うことは、まだピンときていなかったが、玻璃は腹を括《くく》ることにした。

「俺で本当に役に立つかどうかわからないけど。ここにいる間の食事と、身の保障……がほしい。それでもいいなら……あなたたちに協力する」

どうしたって、リデルが水晶から解放されるまでは、帰るすべもないのだろう。それに、助けてくれた人がこれほど困っているのだ。自分でよければ力を貸したい。

玻璃の返答にスヴェンは一瞬ポカンとし、そして『ありがとう！』と大きな声を出して玻璃の身体を抱きしめる。

『引き受けてくれて感謝するよ、玻璃。寝るところと食べるものなんてお安いご用だ。心配しなくていいよ。リデルと私の客だもの、歓迎する』

けっして積極的な申し出ではなかったのに、スヴェンはとても喜んでいた。

まずは城へと誘われ、同行することにする。

《ありがとう、玻璃。巻き込んでしまってごめんなさい。私はあなたの側にいることはできないけれど、その代わり——あなたに加護を。これがあれば、より水晶とあなたが共鳴しやすくなるはず》

玻璃があたりを見回すと、応えるように水晶がきらめく。

　そして、先ほどまでの微妙な言葉の重なりがなくなり、すっきりと聞こえるようになった。まるで映画の吹き替えのようだな、と玻璃は思う。これもリデルの共鳴の力が強まったことによる、効果のひとつなのかもしれない。

　それでもスムーズに言葉を交わせるようになったのはありがたいと言えばありがたかった。

「ところでリデル、なぜ俺のことをハリィって呼ぶの。俺が知る限りそんなふうに呼ぶのは――」

《真珠だけですものね。実はね、あなたがその水晶を手にしてから、水晶を通してときどきあなたたちを感じていたの。だから真珠があなたをどんなふうに呼ぶのかも知って……とても愛情深くあなたのことを呼んでいたから、つい真似をしてみたくなって……これからもそう呼んでいいかしら》

　少し切なげな声のリデルに玻璃は断ることなどできなかった。それに――玻璃自身、ハリィと呼ばれると真珠と一緒にいられるような気がして寂しさが減るような気もする。

「別に……好きに呼べばいいんじゃない」

　勝手にすれば、と素っ気なく言う玻璃にリデルはふふっ、と小さく笑う。

《本当に……あなたが素直になれるのは真珠だけなのね。でも、ありがとう。うれしいわ》

　ハリィ、と呼ぶリデルの声はとてもやさしかった。


　洞窟に入る前はまだ日が高かったのに、出たときには空が赤く染まりはじめていた。

　リデルのところまでたどり着くまでの道のりは、少々厄介だったとはいえ、それでも時間にして三十分もかかっていないはずだ。往復で一時間としても、リデルのところでかなりの時間を過ごしたことになる。それがあっという間の出来事だと思えてしまったのは、リデルの話に熱中してしまったせいだろう。

　頭の中が混乱している。

　王子だの王女だの、頭がパンクしそうだ。それに魔石退治などという、ゲームさながらの展開にまだついていけないでいる。だが、水晶の中のリデルの姿はさすがにショックで、彼女を必ず救い出そうと決意する。

「お姉さんが閉じ込められてしまっていたんだね……」

　家族があんなふうになってしまったなら、さぞかしスヴェンの心は痛んだことだろう。

　もし自分だったら——真珠が水晶に、なんて考えてもぞっとする。

「そうだね。たった一人の姉だから……早く助けてやりたいと思っている。でも、ハリが来てくれたからには心強いよ」

「俺なんか力になれるかどうかわからないけど。でも、俺も大切な家族がいるから分かるよ。二人がちゃんと会えるように精一杯頑張るから」

　リデルが玻璃には力があると言っていたが、最後までよくわからなかった。ただ、あの洞窟の中にいると、力が漲《みなぎ》ってくるような気持ちにはなる。あそこにあった水晶たちが玻璃を元気づけてくれているような気がした。

「……そうか、考えてみればハリを家族から引き離してしまったのだな。すまなかった」

「ううん、気にしないで。俺の家族は叔母さんしかいないしね。両親はもう亡くなってるから」

　ここにやってきたことについて、もうスヴェンやリデルを責めるつもりはない。ただ、真珠のことが気にかかるだけだ。

「そうだったのか……しかし、その叔母様がハリには大事な家族なのだろう？」

「そうだけど……でも……真珠さんっていうんだけどね、すごく元気な強い人で……だから、真珠さんはきっと俺がいなくなっても元気でやってると思う。あんまり気にしないで」

「……わかった。では、これからは私がこの世界でのハリの家族だと思ってくれないか。——うん、そうだ、それがいい。それならハリも寂しくないだろう」

そう言って、スヴェンはいいことを思いついたというように手を叩く。

家族？　とやや面食らった玻璃が言葉を出せないでいると、スヴェンは「もっとハリのことを知りたい」と根掘り葉掘り聞いてきた。

「ハリ、きみの名前はどんな文字を書くのかな？」

きっと玻璃が寂しい気持ちになっているはずという思いからなのだろう、明るく振る舞うスヴェンに玻璃は地面に漢字で名を書いた。漢字なんて、彼らにはどうせわけのわからない絵にしか見えないはずで、そんなものを聞いてどうするのか、と。けれど、人懐っこく話しかけてくる彼に根負けしてしまったのだ。

それに、彼に気を遣わせていることが申し訳ないと、なぜか思ってしまったから。

「なるほど、こんなすてきな文字なのか、きみの世界の文字は。まるで一枚の絵みたいだ」

「そうかな」

彼はじっと地面の文字に見入っている。

「うん。とてもロマンティックだと思うけれど。それで玻璃というのはどういう意味？」

聞かれて玻璃は面倒くさいとばかりにぞんざいに答える。

「…………水晶」

　それを聞いて、スヴェンの目が丸くなる。

「水晶……！　そうなんだね。そうか、玻璃……水晶……玻璃……ああ、とてもいい名前だ」

　スヴェンは楽しそうに玻璃と水晶という言葉を何度も繰り返している。出会ったときからこんな感じで、彼はとても人懐っこい。

（王子のくせに……変なの）

　とはいえ、ヨナスはともかくアクセルの態度は玻璃には冷たいものだったから、彼のこの明るさには助けられていた。洞窟から出てきて以降、当のアクセルはというと、一言も口を開かない。それどころか目も合わせようとはしなかった。

　そう思っていると、ヨナスがスヴェンのほうへ駆け寄って相談を始めた。

「スヴェン、今から城へ戻るのか？　いっそ夜営して、戻るのは明日の早朝にしたほうがいいのではないか？」

　彼らの城はここからそれほど離れてはいないが、厄介な事情もあり、できれば日没前に帰城したかったらしい。しかし、既に日は暮れはじめている。

　厄介な事情というのを玻璃は詳しく聞かされなかったが、彼らには彼らの事情があるに違いない。それに尋ねたところで、よそ者の自分にはそもそも口出しする筋合いではなかった。

　ヨナスの提案にスヴェンは少し考え込んでいたが、「いや」と首を横に振った。

「このまま戻ろう。明日にはミンスィアからの使者がやってくる。何があっても不在にするわけにはいかない」

「そうか。それなら仕方ない。ではすぐに出立するとしよう。――俺の馬に玻璃を乗せればいいか」

「いや、玻璃は私の馬に。いいかな？」

　にっこりと笑うスヴェンに玻璃は目を丸くする。さすがに王子の馬に同乗するわけにはいかない。

いくらスヴェンに家族と思ってくれと言われても、玻璃にもそれなりに分別はある。失礼な振る舞いはもちろん、彼の言葉を額面通りには受け取れない。

「そんなわけにはいかないでしょう。俺はヨナスさんと一緒に行きます」

「ヨナスには他にやってもらいたいことがある」

そう強い口調で言うと、スヴェンはヨナスへ向き直った。

「さっきリデルが、瘴気が強まっていると言っていたのが気にかかる。万が一、ということもあるし、先に行って様子を見てきてほしい」

今し方までのにこやかな笑みは消え、スヴェンは真剣な表情をしていた。その顔を見て、けっしてリデルの言うことが絵空事などではないのだと玻璃は感じる。

「承知した」

ヨナスはそう言うなり、スヴェンに背を向け、一足先に出立した。

「では、私たちも行こう、玻璃」

「はい、スヴェン……様」

「様、など必要ない。私はきみの家族と言っただろう？　スヴェンと呼んでくれないか。それとも玻璃は私に玻璃様と呼ばれたい？」

「いっ、いえ、玻璃でいいですって。だって、あなたは王子様だけど、俺はあなたと違って王子様じゃないし……」

だったら敬称をつけるのは当然ではないか。

「その理屈でいくと、玻璃は私たちのお客様なのだからやはり玻璃様と呼ばねばならないよ」

ニヤリと笑うスヴェンに言われ、玻璃はぐうの音も出せなくなった。

「玻璃様だなんて絶対嫌です」

「それなら私もスヴェンで。いいね？」

「……わかりました」

クスクスと笑いながらスヴェンは「こっちだ」と玻璃の肩をポンと叩き、馬のほうへ歩きはじめる。

（やっぱり変な人だな。それとも王子ってこういうものなの？）

王子様を呼び捨てなど、なんということだ、と思いながら、しかし玻璃はこの気さくな王子に好感を抱いていた。

馬をつないである場所には、既にアクセルがいた。顔を背け、ふんと鼻を鳴らす彼の様子に少しばかり肩を落とす。

（……嫌われてるなあ）

態度が悪くても、玻璃はアクセルのことを嫌いにはなれなかった。たぶん、どこか自分を見ているような気がするからなのかもしれない。

馬など一度も乗ったことがなかったため、玻璃はまず鞍《くら》にまたがるところから一苦労だった。スヴェンが介助してくれたからなんとかなったものの、一人ではまともに乗ることさえできない。

また、乗ったはいいが、それだけでも難しいものだと思い知る。腿《もも》に力を入れろ、とスヴェンに教えられた。

（王子様に迷惑かけっぱなしだ。……情けないったら）

慣れないこととはいえ、立つ瀬がない。少ししょげていると、スヴェンが「気にするな」と声をかけてくれた。

「ごめんなさい……」

「気にしなくていい。しかし、玻璃は馬に乗るのははじめて？」

馬を走らせながらスヴェンが尋ねた。玻璃にも無理のない速度で走ってくれている。横にはぴったりとアクセルの馬がついており、彼はちらちらと玻璃を監視するように視線を向けていた。

「……はい」

馬に乗る機会など、日常でそうそうあるものではない。だから元の世界では乗れなくても珍しいことではないのだが、一度くらいは経験しておけばよかった。

　馬は洞窟のあった森を抜け、草原に差し掛かる。これからもうひとつ森を越えたところに城があるのだそうだ。夜の闇では森を抜けるのに難渋する懸念から、日没前に帰城したかったのだろう。

　狼らしい遠吠《とおぼ》えも聞こえ、ますます早くに森を抜けねばと玻璃でさえ気持ちが急《せ》く。スヴェンに会ってすぐ、このあたりには狼の群れが棲《す》んでいると彼が言ったのは、脅しでもなんでもなく本当のことだったのだ。

　街灯などあるわけがない道のりは、今はまだ薄暗がりだからなんとかあたりが見えているものの、一瞬でも立ち止まれば暗闇に飲み込まれそうだ。その闇の中を果たして馬は走ることができるのか。玻璃には、まったく見当もつかなかった。

「はじめてなら、仕方ないだろう？　玻璃の国に馬はいないのか」

　背中越しに不安が伝わってしまったのか、スヴェンが声をかけてくれる。

「いますけど、日常では乗る人のほうが少なくて」

「馬に乗る者が少ないというのは？　では馬に代わる動物がいるということ？　ふむ、もしや動物との共存形態が異なるのか」

　矢継ぎ早に聞かれる。

　スヴェンの口ぶりから、この国――というか、この世界ではまだ車や鉄道というものはないのかもしれない、と玻璃は察した。自分たちの世界に照らし合わせると、文化水準は産業革命以前と考えていいのかもしれない。

「いえ、車と鉄道というものがあって……機械の力で走る箱のようなものだと考えてもらえたら」

「機械……くるま……てつどう……？」

「ええ、燃料を爆発させて熱を起こし、その熱で空気を膨張させて、力を発生させる……その力を使って動かすんですよ」

「そういうものがあるのか。私には見当もつかないが、一度見てみたいな」

　玻璃の話にスヴェンは興味を抱いたようで、次から次へと玻璃の世界について尋ねてくる。

（当たり前にあったものを説明するのって、結構難しい）

　いかに自分がなにも知らなかったのか、ということに玻璃はしみじみと感じ入っていた。

「玻璃の生まれた世界は、ここことは違うんだね。だから、気になることや不安があれば遠慮なく私になんでも言ってほしい。リデルがきみを呼んだのだから、喜んで私はきみの力になろう」

　その言葉に玻璃の身体からよけいな力が抜けていく。

　本当に彼は自分のことを信じてくれているのだと思うと、緊張が解けたような気持ちになった。知らず知らず、かなり気が張っていたのだろう。スヴェンの言葉は玻璃を安心させていた。

　ありがとうございます、と言いかけたそのとき、横を走っていたアクセルが「スヴェン様！」と大きな声を上げた。ふと顔を上げると、目の前に差し掛かっていた森を黒い雲のようなものが覆いはじめている。

「雨雲……？」

　玻璃がそう呟くと、「違う」とスヴェンはすぐに否定した。

「違う？」

「そうだ。気をつけろ、玻璃。あの黒い霧が私たちを脅かしている存在だ」

　そう言われ、改めて黒い霧を見て玻璃はぞくりと身体に怖気《おじけ》が走る。気がつくと、スヴェンの身体に回していた、自分の手にも汗を感じていた。

「アクセル、油断するな」

そう言ったスヴェンの声にも緊張の色が滲んでいる。出発前にスヴェンがヨナスに気にかかることがあると言ったのは、このことだったのか。

玻璃がそう思った瞬間、目の前に突然、顔に大きな傷を持つ銀色の毛並みの狼が現れた。

狼は素早い動きでアクセルが乗っている馬に飛びかかった。

前脚に鋭い歯を立てられた馬はいなないて暴れ、アクセルの身体が地面に叩きつけられる。

「アクセル！」

スヴェンが叫ぶと、アクセルはよろよろとしながらも起き上がり、「大丈夫です」と手を上げた。そうして頭をひとつ振ると、果敢に狼へと立ち向かう。

狼はひどく興奮しているようで、瞳孔が開いてギラつき、毛も逆立っていた。だらだらとよだれをこぼし、荒い息づかいが離れている玻璃にも聞こえる。野生の狼など見たことがなくとも、その狼がかなり凶暴になっているのがわかった。

目の前で繰り広げられる異常な様子に、玻璃は恐怖を覚える。動物園でしか見たことのない動物が今まさに自分たちに牙を剝いているのだ。アクセルの馬は倒れたきり動かなくなり、そしてアクセルも地面に打ち付けられたことで本調子ではないのだろう。狼の攻撃を受け流すだけで精一杯の様子だった。

「玻璃、しっかりと摑まっていて」

スヴェンが言うなり、剣を抜いて馬を操り向きを変える。スヴェンが摑まっていて、と言ってくれていなければ、恐ろしさで放心状態だった玻璃は馬から振り落とされるところで、それほど速く激しい動きだった。そしてすぐさま、スヴェンはアクセルへと飛びかかろうとしていた狼へ馬上から剣を振るう。

狼もさるもので、スヴェンの剣を素早く躱《かわ》す。スヴェンはその動きを見切っていたかのように、狼へ一太刀浴びせた。

「スヴェン！　無事か」

　そのとき、先を走っていたヨナスが戻り、今まさにスヴェンへと牙を剝いた狼へ、長剣を繰り出した。剣の刃は狼をかすめ、直前にスヴェンに斬られた傷もあって、毛が血で染まった。

「ああ、無事だ。それよりアクセルを頼む」

「承知」

　既に二度も斬られているというのに、狼は威嚇するように唸《うな》ったかと思うと、玻璃とスヴェンの馬のほうへ突進してくる。

（傷だらけでも戦意を失っていないのか……）

　たった一匹で自分の何倍も大きな体躯《たいく》の馬を倒してしまう強さ。もし、自分に……そしてスヴェンに襲いかかってきたら……と想像するだけで、身体がこわばってしまう。

　何度か、スヴェンの剣が狼の身体を斬りつけた。普通ならば、もう動けないだろうと思うほどのダメージは与えられているはずだ。だが、狼は銀色の毛が見えなくなるほど赤く血塗られても立ち上がり、鬼気迫るほどの勢いで突進してくる。

　あわや、というところでヨナスの長剣が狼を仕留めた。剣が狼の身体を貫き、ようやく動かなくなる。

　傷を負ったアクセルを休ませよう、というスヴェンの提案で一度馬を下り、休息を取ることにした。

それにしても黒い霧のせいで、なんとなく息苦しい。生臭いような重い不快な空気に、玻璃は顔をしかめた。

「ひどいものだ」

　スヴェンは倒した狼へ目をやると、とても苦しそうな悲しそうな顔をした。その表情が見ているだけで痛々しくて、玻璃にまで彼の辛い気持ちが伝わってくる。

「――ヨナス、この狼を見てみろ」

スヴェンの言葉にヨナスはじっと狼を見る。そして、なにかを思い出したかのようにはっとしたような表情を浮かべた。

「レックスか」

「ああ。しばらく姿を見せていなかったが……こんなことに」

スヴェンがぐっと拳を握ったのを玻璃は見逃さなかった。なんとも悔しげな顔をしている。彼らの会話から、この狼への親しみをスヴェンとヨナスが抱いているのが察せられた。

二人にどう声をかけるべきかと思いあぐねていると、スヴェンが「この狼は」と口を開いた。おそらくアクセルと玻璃が聞きたそうにしているのを感じ取ったのだろう。

「この狼は、かつて近くの森に棲んでいた群れのボスだったんだ。だが、その群れを滅ぼされてしまった――人間に」

スヴェンの話によると、このあたりにはいくつも狼の群れが生息していたという。だが、人間が道を作り、農地を広げたことで、狼が棲むことのできる場所を狭めてしまい、群れが滅ぼされてしまった。

さらに狼たちの銀色の毛皮はその希少性から、多くの密猟者の目的とされ数を減らしたそうだ。

レックスは人に危害を加えることはほとんどなかったが、唯一人間に牙を剝いたのは自分の群れを手にかけた猟師に向かってであり、彼の顔の傷はその闘いの末できたものだという。

「仲間を滅ぼされて以来彼は一匹狼として暮らし、静かに余生を送っていたと聞く。狼の群れが激減してから、この森の様子もおかしくなった」

信じられない、というようにスヴェンが首を横に振りながら続ける。

　群れを失い、一匹狼だったレックスは他の群れの狼が危機に陥ると、どこからともなく現れて狼を守っていたらしい。時には森で迷った旅人を案内することもあり、尊敬を込めて、王という意味のレックスと呼んでいたということだった。

「……あいつは、人間を恨んでいたのかもしれないな」

　ため息をひとつ落としながらスヴェンはぽつりと言った。

「どうしてそう思うんですか」

　それは襲ったこの狼に非がないというような口ぶりで、スヴェンがこの狼に同情的になっている理由がわからず、玻璃は尋ねた。自ら人を襲うことがなかった狼がこうして牙を剝いたからなのか、それだけではない別の理由があるのか、玻璃にはわからない。ただ、玻璃にとっては今この狼に襲われたことだけが事実だった。

「玻璃は、黒い霧を見ただろう？」

　そう聞かれて、玻璃は頷いた。

　黒い霧——森を覆ったあの霧のことだ。見るだけでも薄気味悪くて、鳥肌が立ってしまったあの霧がどうかしたのか。

「あれは、魔石が集めた瘴気……つまり人間に巣くっていた悪い気の、その塊だ。リデルが言っていたことを覚えているか？　魔石が操るあの瘴気は人間だけでなく、獣にまで影響を与えてしまう。現在のルウミはあの瘴気が各地で蔓延《まんえん》していてね、人々や動物たちがあれの影響で凶暴化する事例が後を絶たないのだ」

「でも、さっき俺にもあの霧がまといついたのに、別になにも……」

　霧は浴びたが、特に気持ちに変化はない。あの霧のせいで、レックスという狼が自分たちを襲ったというのは違うのではないか、そう思って玻璃は尋ねた。

「いや、瘴気をまとっても必ず凶暴化するというわけではないらしい」

　ヨナスが話を引き継ぐように口を開いた。

「瘴気は、特に心が弱っているときに取り憑《つ》くのではないかと考えられている。孤独や不安、そういったものに心が支配されているとき……おそらく心の隙間にあの霧――瘴気が入り込んで、人間や動物たちの理性を奪ってしまう」

　彼の説明に玻璃は納得する。現在玻璃は悩みを抱えているが、それはこうして別世界にやってきて、元の世界に戻る方法についてのことだけだ。そういう悩みには彼らの言う瘴気というものは反応しないのだろう。

　レックスの境遇のように、聞いている玻璃まで心が痛むようなものではない。

「……そうか。だから、あの狼は人を恨んでいたんじゃないか、と思われたってことですね？　霧につけ込まれる……誰かを恨むような弱さがあの狼にあったということ……？」

「そういうことだ。レックスは非常に賢くていつもは理性を保っていたのだろうが、瘴気のせいでその理性が打ち砕かれてしまったのかもしれない。だから襲いかかってきたのだろう」

　ヨナスは狼が横たわっているほうへちらと視線をやった。

　狼の身体にはまだ黒い靄のようなものが取り巻いていて、なんとも不気味な光景である。取り憑かれるとあのような姿になってしまうということに、玻璃は心底ぞっとした。

　ヨナスはひとつ息をつくと、再びまた口を開いた。

「しかも、瘴気に取り憑かれた者は皆、非常に強い力を得る。玻璃も見ただろう？　致命傷を負ってもまだ立ち向かってくるあの姿を」

「……だから厄介なんだ」

スヴェンも横から口を挟んだ。

「元はごく普通の、しかも自分の抱いている苦しみが原因で瘴気に取り憑かれた人々の身体を、必要以上に痛めつけるのは、やはり辛い」

罪のなかった者に刃《やいば》を向けることへ後ろめたさを感じているその口ぶりと、辛そうな彼の表情から、玻璃もその心の痛みが伝わってくる気がした。

「だからこそ、あの瘴気をなんとかしなければならないのだ。人間にもレックスのような動物にも心があるだろう。だからこそ、ときには弱くなることだってないわけではない。しかし、その心の弱さにつけ込むような卑怯《ひきょう》な存在が許せないんだ」

スヴェンは自分に言い聞かせるようにそう言った。

リデルの話を洞窟の中で聞いたときには、今ひとつピンとこなかった玻璃だったが、悲しい狼の最期を見てようやく理解できたような気がした。

「――さあ、もう遅い。もしかしたらまだ瘴気にやられた動物がいるかもしれない。ひとまず早く城に戻ろう。……アクセル、馬はどうだった」

アクセルの馬は狼に噛まれて倒れてしまったはずだ。あの後アクセルはヨナスに拾い上げられたが、そういえば馬はどうなったのか。

スヴェンの問いにアクセルは黙って首を横に振った。

「……腹をやられました。両脚も折れていましたし、これ以上苦しむのはと」

それ以上スヴェンはアクセルに言わせず「わかった」と声をかけた。

馬の骨折は致命傷だ。無駄に苦しませるよりは、と思ってのことなのだろうが、その言葉とは裏腹に、アクセルの表情はひどく悲しげだった。

きっと彼は自分の馬を大切にしていたに違いない。その馬を失った悲しみは計り知れなかった。

だからスヴェンはきっとアクセルにそれ以上のことを言わせたくなくて、言葉を遮ったのだろう。

やりきれない思いが込み上げる。玻璃は、こんなふうに惨《むご》くレックスを操った瘴気とかいうものをどうにかしてやりたかった。あれだけスヴェンらが重傷を負わせても、何度も襲いかかってきたのは、果たしてレックスの本心だったのだろうか。

先ほど、アクセルは苦しむ愛馬を楽にさせようと刃を向けた。レックスももう苦しみから逃れたいと思っていたのではないか。禍々《まがまが》しい力によって操られているのは可哀想《かわいそう》すぎる。

「レックスの遺体をそのままにしておくのも可哀想だろう……墓とはいかぬまでも、馬とともに弔ってやりたいが……」

せめて、とスヴェンがそう言ったとき、玻璃の耳に微かな動物の唸り声のようなものが聞こえた。

え、と玻璃が思った次の瞬間だった。

今まで倒れていたはずのレックスが玻璃めがけて突進してきた。

「玻璃！　逃げろ！」

スヴェンが異変に気づき、玻璃を庇《かば》おうと駆け寄る。が、レックスは速い。重傷を負い、瀕死《ひんし》だったとは思えないほどの動きで距離を詰める。

玻璃は思いもよらない出来事と恐怖で身を固くし、一歩も動けずにいた。自分もアクセルの愛馬のように、肉を嚙みちぎられてしまうのか。

こんなところで自分の一生を終えたくない、と玻璃は思った。まだなにもしていない。リデルに「玻璃はスヴェンの力になるわ」と言われたのに、これっぽっちも役に立っていない。それどころか、現時点では足手まといなだけだ。少しでも彼らの役に立ってから……一矢報いてから、狼の牙を受け止めたい。

不意に、洞窟で言われたリデルの声を思い出す。

あのとき彼女は強く願いを込めて、と言ったはずだ。

（水晶に？　願い……？　俺の……？）

玻璃は自分の首から水晶を外して見つめる。

彼を……彼を救いたい。もう苦しみから解放してあげたい――。

そう玻璃が念じたとき、胸元の水晶が自ら強い光を放った。

「うわ……っ」

まぶしい光に玻璃やスヴェンらだけでなく、レックスも怯《ひる》んだらしい。レックスの動きが止まり、いくらかほっとしたが、自分がいつの間にか手にしていたあるものを目にして、玻璃はひどく驚いた。

「玻璃、それは……！」

それをスヴェンも見て、思わずといったように声を上げる。

玻璃が手にしていたのはなんと、美しい短剣だった。水晶でできていると思われる透明な美しいもので、力のない玻璃にも容易に扱えるほど軽い。

（水晶が……）

元々リデルは水晶でこの国を浄化していたという。玻璃がいた世界でも、水晶は悪い気を浄化するものと言われ、パワーストーンとして扱われることがある。

（だったら、もしかしたら……）

玻璃はぎゅっと剣を握り直した。

しかし、レックスもさるもので、水晶の放つ光に一瞬臆したものの、再び玻璃へ飛びかかる。

（きっとできる……！）

ぎらついた目の狼が大きく口を開け、鋭い牙を玻璃に向けた。その凶暴さと生々しさに玻璃は恐怖する。が、ここで怯むわけにはいかない。勇気を奮い立たせた玻璃がレックスに短剣の刃を向けると、強い光が再びあたりを照らした。

「……っ！」

短剣から放たれる光がレックスの身体をくっきりと浮かび上がらせる。見逃すまいとそれに集中すると妙なものが見えた。レックスの身体の中心に黒い靄が塊となっている。さっきまでこのようなものは見えていなかった。ということは、この剣の光が黒い塊を浮き出させたのかもしれない。

（あれが……心に取り憑いた瘴気……？）

黒い靄が瘴気であるなら、あの靄の塊を砕くことができれば。

レックスを見ると、彼は光で縛り付けられたように、その場から動けなくなっている。

玻璃は短剣をレックスの身体の中心にある塊めがけて、突き立てた。

「消えろ……！」

切っ先が塊の真ん中に触れた瞬間、剣はさらにまぶしく光り、レックスの身体が包み込まれる。すると、塊は霧散し、黒い靄から宝石の粒のようなきらめきに変わる。すると彼はそれ以上玻璃を攻撃してこようとはせず、そのまま地面へと崩れ落ちるように倒れていった。

「玻璃！　大丈夫か」

スヴェンらが玻璃の元へ駆け寄ってきた。

「怪我は？」

聞かれて玻璃は首を横に振る。

「大丈夫」

玻璃の答えにスヴェンはほっとしたような表情になった。

「その剣は？　玻璃はそんなものをいつ……？」

スヴェンは玻璃が握りしめている短剣を見て尋ねる。

丸腰だったはずなのに、短剣など隠し持っていたのか、と驚いた顔をしていた。

「えっと……その……リデルさんの言葉を思い出して——」

玻璃はリデルの、願いを込めて、という言葉のとおり、彼を救ってほしい、苦しみから解放してあげたい、と願ったと伝えた。

「そうしたら、俺の水晶がこの短剣に変わって」

言いながら、玻璃は手にしている短剣を見つめた。先ほどまでの強い光はないが、まだ暗闇の中でもほんのりと光を放っている美しい短剣。

「スヴェン、瘴気が」

ヨナスがあたりをぐるりと見やって、瘴気が消えている、とそう言った。

確かに今し方までの禍々しい雰囲気はすっかり消え失《う》せ、森の中はすっきりとした爽やかな空気が流れている。

ただ、玻璃の中で、自分のせいで生き物を死に至らしめたということはやはり大きなショックであった。仕方ないと言い聞かせるものの、思い出すと手が震える。

とどめを刺したいと願ったのは自分なのに、覚悟していたのに、命を絶ってしまったことへの罪悪感でいっぱいになっていた。

「どうかしたのか」

心配そうにスヴェンが玻璃に声をかけた。

「……いえ、なんでも」

これまでずっと瘴気というものと戦ってきた彼らに、玻璃のこんな思いは甘っちょろいと言われるだけだろう。

なのに、スヴェンは玻璃にこう言った。

「ねえ、玻璃。命を奪ってしまうのは辛いことだよ」

「スヴェン……？」

玻璃ははっと顔を上げ、スヴェンを見た。

「玻璃は、こんなふうに動物と戦ったことなんかなかったんだろう？　だから今とても強い罪悪感に苛《さいな》まれているんじゃないのかな」

その口ぶりに、自分の気持ちを見透かされているような気がした。彼の言うことが玻璃の気持ちそのままだからだ。

その言葉に頷くと、スヴェンは玻璃の肩をやさしく叩いた。

「いつまでもその気持ちを大事にして。——私たちも好き好んで戦っているわけではないんだ。……あの禍々しい瘴気から一人でも多く人々を……動物たちを守ってやりたくて戦っている。けれど、やはりどうしようもなくて取り憑かれた彼らの命を奪ってしまう。……それに慣れてしまえば、自分の無力さを省みることすらできなくなるから」

やりきれない、そう言いながらスヴェンは辛そうな顔をして小さく首を横に振った。

「……あっ」

気がつくと、玻璃の手にあった短剣はいつの間にか元のペンダントへと戻っている。

「ふむ……玻璃の願いに応じて水晶が剣に変化した、ということか。水晶で瘴気を浄化して……だからレックスにとどめを刺すことができたのだろう。ここいらに漂っていた瘴気も、この水晶の力で浄化したのかもしれないね。玻璃、お手柄だ」

「俺は別に……。水晶が勝手に剣に変わっただけだし、必死に身を守ろうとしただけで」

けっして自分の手柄とは言えないが、多少は役に立てたのならよかった、と玻璃は思った。

「しかし、玻璃がいなければ我々はまたレックスと死闘を繰り広げるところだった。馬も一頭失ったし、どうなっていたか。やはりきみのおかげだよ」

玻璃は足下に倒れているレックスを見やる。その姿は今し方まで玻璃を襲おうとしていた凶暴な狼ではなく、やさしい顔で眠るように息絶えている、かつての森の王に思えた。

「それに、レックスはようやく彼の仲間のところに行けたようだよ」

スヴェンはしゃがみ込んで、傷だらけになったレックスの毛皮をやさしく撫でた。

「見てごらん、こんなにやさしい顔……きっと玻璃が楽にしてくれて感謝しているはずだ」

玻璃も同じようにレックスの顔を覗き込む。

「……そうだといいです」

レックスの身体はボロボロで、玻璃はその毛を撫でながら気づけば涙を流していた。本当なら、こんなに惨めな姿で生涯を終えるはずではなかっただろう。そう思うとこんなふうにした魔石を早く破壊しなければと、心からそう思う。

彼の生前を知るスヴェンとヨナスに最期を看取ってもらえたことは、わずかでも救いになっただろうか。

皆で、レックスの遺体を大きなオークの木の根元に横たえ、祈りを捧げた。


狼との死闘から数日が経《た》った。

玻璃は現在、ルウミの王城であるエトリオン城にスヴェンの客として滞在している。

あの日、城にたどり着いてから玻璃は三日ほど熱を出して寝込んでしまった。

おそらく疲労と、突然こちらの世界に飛ばされてきたことから、急な環境の変化に精神面で順応できなかったせいかもしれないと今は思う。

「玻璃、具合はどう？」

まどろんでいた意識が、様子を見にきたスヴェンに話しかけられてようやく覚醒し、自分が柔らかなベッドに寝かせられ、清潔な服に着替えさせられていたことに気づく。

「……あ」

起き上がろうと身体を起こすが、熱を出していた間ほとんどなにも食べていなかったためか、ぐらりと目眩がした。

「無理をしないことだ。さあ、まだ横になっていなさい」

「……はい。――でも、みんなに迷惑をかけてしまった」

　城に到着するなり倒れるなんてあり得ない。きっとみんなそう思っているはずだ。

　瘴気を退治できたのはいいが、短剣では非常に効率が悪い。せめて長剣だったなら、あれほど苦労しなかったかもしれないのに。

　なにもかも中途半端な出来の自分に辟易した。

「そんなことは気にしてはいけないよ」

「けど、スヴェンも迷惑だって思ってるんじゃない」

「迷惑なんかじゃない。それに、帰城以来机の上に書類が山積みでね、玻璃の看病を口実に私は仕事を抜け出してきたんだ。もうしばらく休憩を取りたいから、協力して」

　ね、と茶目っ気たっぷりに、彼はそう言った。

　なぜこんなにやさしいのだろう。自分のことなど放っておけばいいのに。

「まったく、きみは私とリデルのお客様なのだから、ここではなにも遠慮はいらないんだよ。ともかく今はゆっくり休んで。これからのことはしっかり休んでから考えよう。いいね」

「…………」

　その提案に返事ができないでいると、スヴェンは何かを思い出したように部屋を出ていってしまった。

（あ……）

　もう行ってしまった。

　この部屋に一人きりだと思うと、とたんに部屋ががらんとして広くなったような気になった。豪華な装飾や調度品の数々はあるものの、寂しさが募る。

（もう少しスヴェンと話していたかったな……）

本当に自分は人との距離の取り方が下手なようだ。元の世界では今までうまくやれていたと思っていたが、ここに来てからはどうしていいのかわからなくなる。

不意に部屋の扉が開く。

「……スヴェン」

部屋を出ていったスヴェンが戻ってきた。手にはカップを持って。そのカップからは温かそうな湯気が立っている。

「どうしたの。そんなに不安そうな顔をして。心細かった？」

あっさり玻璃の気持ちを言い当てられ、顔に熱が溜まる。

いきなりスヴェンがいなくなって寂しくなった、なんて自分らしくない気持ちは、とてもではないが言えなかった。

「べ、別に。……それ、なに？」

玻璃はスヴェンの手にしているカップが気になって聞く。

「何日も食事をしていなかったでしょう。だから、いきなりなにか食べても、腹がびっくりするだろうと思ってね。――これは私の好物なんだけれど」

飲んでごらん、とスヴェンが玻璃に湯気が立ち上るそれを差し出した。

「…………」

玻璃はゆっくり起き上がり、黙ってカップを受け取る。中には琥珀《こはく》色をした飲み物が入っていた。

一口、そっと口にする。甘い。甘くて温かくて……。

「…………蜂蜜？」

ぼそりと口にする。その様子をスヴェンが微笑みながら見つめていた。

「おいしいでしょう。私が小さい頃に熱を出すと、これをリデルが作ってくれてね。だから、今でも疲れたときにはこれを作って飲んでいる。玻璃も気に入ってくれるといいけど」

「……おいしい」

カップの中の甘く温かい蜂蜜水はほっと玻璃の心を和ませ、これはスヴェンみたいだな、と思った。

「よかった。他になにかしてほしいことはないかな？　遠慮なく甘えていいんだよ。私は玻璃の看病をしに来たのだから」

「ううん、大丈夫。ありがとう」

そう返したものの、彼の優しさを受け止められないことに申し訳ない気持ちでいっぱいだった。

これ以上甘えるわけにいかないと思っていたのに、スヴェンは甘えていいと言う。今でも十分迷惑をかけていると思っているのに。

（甘えるって……）

玻璃は真珠にしかわがままを言ったことがない。いや、真珠にさえろくに言ったことがなかった。実の子ではない玻璃のために、これ以上真珠の時間を使わせたくないと、幼い頃は特に我慢した。

だから甘えることを知らずに育ってきたのに、甘えろと言われても甘え方がわからない。

（俺は……元の世界に帰れるのかな……）

カップの表面を眺めながら、ふとそんなことを考える。

果たして、元の世界では自分という存在はどうなっているのか。行方不明になっているのか、死んでいるのか、あるいは別の者が玻璃として生きているのか、映画や小説で見たあらゆるパターンを想像したが、元の世界に自分という存在がなくなっていることは確かだ、と結論づけた。

（真珠さんはどうしているかな…こんなことなら、もっと感謝の気持ちを伝えていればよかった）

唯一の肉親である叔母のことを思い出す。

不可抗力とはいえ、いきなり姿を消してしまったのだ。

悲しんでいるだろうか、元気にしているだろうか。もし帰れなかったら、二度と会えないのだ。不安ばかりが募っていき、目の前が暗くなるような気にさえなる。

それに、帰るにはあんな小さな剣で魔石とかいう化け物を倒すしかないのだ。

ただただ――怖い。怖いのだ。

死を恐れない、正気ではないものを相手にするのが。

高熱を出している間、レックスとの戦いの夢を見た。何度も何度もレックスが玻璃へ向かって飛びかかってくる夢を。

今甘えたりすれば、忙しい彼をもっと困らせてしまう。だから、この気持ちは表には出さないほうがいい。

「玻璃、どうしたの？　もしかして怖い夢でも見たのかい？」

たった今考えていたことを話題にのせられて、玻璃は蜂蜜水を飲む手を止めた。

「…………見てない」

「レックスとの戦いで玻璃はとてもショックを受けていたようだし、うなされたのもそのせいかもしれないと思ってね」

「……違うよ」

「本当に？　無理をしなくてもいいんだよ？　それに顔色も悪い」

言いながら玻璃の前髪をかき上げるスヴェンの手を払う。怖さのあまり、ひどくなっているだろう自分の顔を見られたくなかった。

「玻璃。心に溜《た》めておくのはよくない。きみはあの戦いがはじめてで、あんなに怖い目に遭ったのもはじめてだった。それはきみのためにも、きちんと認めてあげないといけない」

スヴェンが玻璃のベッドに腰掛け、玻璃を見つめながらそう言った。

「大丈夫だって言ってる……！　大丈夫だから……！」

玻璃は声を張り上げた。こんな頑《かたく》なな態度は駄々をこねる子どもで、スヴェンも困るだろう。けれど、弱い自分を……怖いと思っていることを知られたくない。

心が軋《きし》んでギスギスするのを止められずにいる。本当はこんなふうに言いたいんじゃないのに。

「そんなふうに泣きながら言う言葉じゃないよ、玻璃」

（泣きながら……？）

ふと、玻璃が視線を落とすと、握りしめた手の甲の上が濡れていた。

「泣いてなんか……」

強がってみせたものの、まるで説得力がない。

ポタポタと落ちる涙の滴は、拭っても拭っても止めることができなかった。

戦いがこんなに辛くて苦しいことだったとわかっていなかったことや、なにより自分の情けなさ。この世界には縋《すが》る相手がいないことの寂しさ。一人でなんでもできるなんて、おこがましいにもほどがあった。そしてこの不安を誰にも言えないことの辛さが、次から次に押し寄せてきて、玻璃の心が悲鳴を上げそうになる。

けれど、やり遂げなければならないと自分は決めた。決めたからこそ、不安が募ってしまうのだ。

「玻璃」

スヴェンが玻璃の背に手を回す。ゆっくりと彼の大きな手が玻璃の背中を撫でた。その温かくやさしい手に玻璃の感情が堰《せき》を切って流れ出す。嗚咽《おえつ》とともに、涙が次から次に流れ出す。

「――私の前でならどれだけ泣いてもいいから」

声を上げて泣いたのは、耳元で囁《ささや》く声と背を撫でる手があまりに心地よかったから。

怖かった、と素直な気持ちをスヴェンに伝えられたのは、泣き疲れて眠ってしまう直前のこと。

玻璃は彼の膝枕で寝てしまったことを後々知ることになるが、そのぬくもりは眠る玻璃を穏やかな夢の中へ誘《いざな》ったのだった。

熱も下がり、ベッドから自由に動けるようになったある日――。

「――えっと……これは数字だよな、うーん……きっと財務に関わる書類で……こっちは市民の嘆願書かな……はあ、しっちゃかめっちゃかだな」

今日から玻璃は城の中にある書庫で働くことになった。

玻璃は表向きは客人ということになっているが、スヴェンが玻璃に城での仕事を勧めたのである。城で孤立しないようにという配慮と、またルウミについて学びたいという玻璃の希望で書庫の仕事を与えてもらったのだ。

そんなわけで書庫の管理をする司書の手伝い、という立場で朝から奮闘していた。

「玻璃、こちらの書類をお願いします」

「はい」

上司に当たる司書が玻璃に指示をする。そうして指示どおり書類の仕分けをし、分類ごとに綴《つづ》っていく。

片手にはスヴェンが書いてくれた、ルウミの文字と数字の表、そして子ども向けの辞書。書いてあることはまったくわからないが、数字や文字から単語を推測する。わからない単語は司書に聞けば親切に教えてもらえるおかげで、進みは遅いが少しずつル

ウミ語にも慣れてきた。

だが、歴史ある王城の司書は忙しい上に人手が足りていないようで、書庫の中に分類されずにいる山と積まれた書物を整理するだけで一日が終わりそうだ。大きな机の上にどっさりと溜まった、財政に関わる書類や市民からの要望までありとあらゆる政務の書類整理もあって、玻璃は頭を抱えた。

「いつ終わるかな」

苦笑しながらも、玻璃はなんとなく楽しくなっている。

書庫での作業、というスヴェンの提案は玻璃にとってもありがたいものだった。なにしろベッドから起き上がれるようになっても、賓客扱いでなにもすることがなく手持ち無沙汰だったし、ただお客様然としているのも落ち着かなかった。なにしろ城中を回るにしても玻璃は城の人々から奇異な目で見られることが多く、スヴェンの客ということで大きな顔をしていればよかったのかもしれないが、さすがにそこまで面の皮は厚くない。

仕事を与えられれば、城にいる理由もできる。とはいえ、水晶のおかげで会話は通じるが文字はまったくわからないため、いざという時に困る。

せっかくなら、と書物に関わる仕事をスヴェンに希望したところ、書類と書庫の整理の仕事を与えられたのだった。

これは文字を学びたかった玻璃にとっては絶好の機会で、今日からはじめたばかりというのに、ついついのめり込む。おかげで数時間が経つ頃には、いくつかの単語が理解できるようになった。

「おや、もうこんな時間か。玻璃、今日はもう上がりなさい」

定時に鳴らす鐘の音を聞いた司書が、玻璃にそう言った。

「あっ、はい」

「すごく助かった。また明日、よろしく頼むよ」

「ありがとうございました。お先に失礼します」

　書庫を出て、玻璃は自室へ戻ることにする。久しぶりに没頭できるほどよく働いたこともあるが、なにより新しい知識を得られたことが楽しく、とても充実した気分でいた。

　回廊を歩きながら玻璃は改めて城を眺める。

　本当に美しい城だ。

　吹き抜けの天井に大理石の柱、繊細な装飾のシャンデリアはため息が出るほどだし、玻璃の部屋となっている客間は、サロン風というだけでなく天井の模様と床の寄木造りの柄が統一されていて、その凝った意匠は建築に疎くても素晴らしいものだとわかる。

　自分の元いた世界と共通する建築要素があるのかないのか、そこまではよくわからないが、建築に興味のある人間なら、きっとこの城を見たら感嘆の息をつくことだろう。玻璃でさえ、ベッドから起きて城を見たときにはなんともいえず感動したのだ。

　実際、ここでの生活は思っていたよりは食事もおいしく空気もよく……とても快適だった。

「……ん？」

　ふと視線を中庭へやったとき、花壇のあたりでなにやらこそこそとしているスヴェンを見つけ、そして目が合った。

「しまった。玻璃に見つかってしまった」

　苦笑いしながら彼は、さっ、となにかを植栽の後ろに隠し、ごまかすように笑う。

「見つかったって……別に俺は。見つけてほしくなかったのだったら、俺は見なかったことにしますけれど」

　そのまま見過ごすつもりだったのに、話しかけられて玻璃は肩を竦める。

　彼は王子だ。人目を忍んでなにかしたいのを玻璃が見かけたというなら、見なかったふりをする。だいたい誰かに話すといっても、話す相手もいないが。

「そういうことじゃないんだけど。――それより！　玻璃、すごくよく似合うよ、その服」

　話題を変えるように、スヴェンが玻璃の服を褒める。というのも、玻璃がルウミの民族衣装を着用しているためだ。

　元々の服はさすがに傷みがひどくて着られなくなってしまったこともあり、また今日からは城で働く人間である。そのためルウミの正式な民族衣装を身につけることになった。

　シャツ、ベスト、ジャケット、ズボンという構成が基本のようで、中には華やかな刺繍《ししゅう》のあるものや、また地方によってデザインや装飾が異なるものもあるらしい。今、玻璃が身につけているのはとてもシンプルな作りで、着ていても違和感がなかった。黒のジャケットに赤のベストそして白いシャツ。スヴェンはというと、ジャケットは白で玻璃の着ているものより丈が長い。

「変じゃなくてよかった」

「なにを言っているの。……うん、すごく可愛い」

　言いながらスヴェンはじっと玻璃を見つめている。こちらが気恥ずかしくなるほど見入ってきて、玻璃は「もう、見ないでくれますか」とスヴェンを睨《にら》みつけた。

「ああ、ごめんごめん。つい……ところで仕事は終わった？」

「はい。今日与えられた分はそれほど多くなかったので」

「そう。だったら少し時間あるかな？」

「まあ……あると言えばありますけど」

　本当のところは、今日覚えた言葉を復習しようと思っていたのだが、言葉尻に期待があるスヴェンの誘いなら断れない。それに、玻璃にしては珍しく、彼と下心なしに仲良くなりたいと思ったのだ。

　すると、スヴェンの後ろ、先ほど彼がなにかを隠した植え込みのあたりから「ミャア」というか細い声が聞こえてきた。

「なにか鳴き声が……」

　あれ、と思っていると、さらにまた「ニイ、ニイ」と聞こえる。この声は――。

「猫ですか？」

　どう考えてもこれは猫の声だ。ということは……。

　スヴェンがばつの悪そうな顔をして、「そうなんだよ」と植栽の後ろから、小さな……子猫をそっと抱きかかえてきて玻璃に見せた。

「どこからか迷い込んだんだろう。母猫はいないから、どうしようかと思ってね。それで玻璃に、厨房《ちゅうぼう》に行ってミルクをもらってきてもらえないかと」

　困ったような顔で言うので、玻璃は放っておけず頷いた。

「いいですよ。でもこれからその猫をどうするんです？　スヴェンが育てるんですか」

「そうだな。それもいいかもしれない」

　真剣に考えているスヴェンの姿に、くすりと笑った。

　彼といると心が和む。それは彼が誰にでも向けるやさしさからくるものなのだろう。

　はじめは、瘴気を浄化する水晶を持っている玻璃の力をただ利用したいだけでここまで連れてきたのだと思っていた。が、それだけではないのかもしれない。

　玻璃を助けてくれたことも、一番はじめヨナスやアクセルから冷たい言葉をかけられたときに庇ってくれたことも、あれは打算ではなく本心からなのだろう。

　それについ先日も、慈善事業で連れられてきた子どもたちの一団と無邪気に遊んでいた。

しかも王子自ら鬼となって鬼ごっこをしていた。スヴェンが本気だからか、子どもたちも本気で遊び、スヴェンが帰るときには寂しくて泣き出した子もいたほどだったのだ。

まだここに来てほんのわずかでしかないが、玻璃の知る限りスヴェンは、街の人々にも分け隔てなく声をかけ、街の人たちも親愛の意を込めるように「スヴェン様」と気軽に呼んでいて、皆からとても愛されているようだった。

「玻璃は猫を飼ったことはあるか？」

聞かれて、玻璃は首を横に振った。

「そうか……ではやはり誰かに聞かねばな。ヨナスは知っているかな」

子猫を撫でながらスヴェンは考えていた。

「ひとまずミルクをもらってきます。厨房で誰か猫の世話について知っている人がいたら聞いてきましょうか」

「そうか、そうだな。すまないが頼む」

ミイ、ミイ、と可愛らしく鳴く子猫を「いい子だ」と壊れ物を扱うような手つきで包み込むスヴェンに対して微笑ましい気持ちになり、玻璃は「はい」と返事をした。

「おや、玻璃が珍しく笑っている」

そう言われて、自分が笑顔になっていることにやっと気づき、慌てて顔を引き締めた。

「そ、そんなことありません」

「玻璃は笑っていたほうがいいな。ちょっとツンツンしている普段の姿も可愛いが、笑っているほうがもっと可愛い。なあ、チビ」

チビと呼ばれた子猫が「ニイ」と返事をするように鳴いた。

「俺の顔なんかどうでもいいです。じゃあ、ちょっと行ってきます」

玻璃は照れくさいのを隠すように、踵《きびす》を返した。

「頼むな、玻璃——おい、やめろ。くすぐったい」

あはは、と楽しげな笑い声をたてるスヴェンの姿を背後に、玻璃は厨房へ足を向ける。

（あんな人だから、この国の人たちはみんなスヴェンが好きなんだろうな）

分け隔てなく、心を尽くす人だから。

ヨナスが信頼するのも、アクセルが信奉するのもよくわかる。

（俺は——？）

玻璃は一瞬立ち止まり、振り返って子猫と戯れるスヴェンの姿を見て目を細める。

彼が差し伸べてくれた手や瘴気に憑かれたレックスから守ってくれた腕。そして、私の前でならどれだけ泣いてもいいからとやさしく囁いてくれた声——それらを思い出すと胸の奥が疼《うず》いて切なくなる。

けれど、この感情をなんと呼ぶのか玻璃はまだ知らなかった。

Ⅲ

しばらく書庫の仕事をしていたが、瘴気絡みの騒動が勃発しはじめ、いよいよ本格的に玻璃を加えて討伐へ出向くことが検討されていた。

だが、玻璃はまだ馬にも乗れないし、剣もろくに扱うことができない。これでは玻璃を伴うことができないと、急遽《きゅうきょ》特訓のためにヨナスが玻璃を引っ張り出す。

リデルとの約束もあり、ここで拒んでも仕方ないと諦めて従うことにしたのだが――。

「なんだなんだ、そのへっぴり腰は」

ハハハ、とヨナスが大口を開けて笑う。

「わっ、そんなこと言っても……！」

「ほらほら、ちゃんと手綱を握って。馬のほうがおまえを乗せてくれるから安心して歩け」

瘴気退治はともかく、ここで過ごす間は馬に乗ることもできたほうがいいのはわかっている。だから乗馬の訓練はしっかりしようと思っていたが、やはり一朝一夕にはいかない。

だが、ヨナスだけでなく、スヴェンも手取り足取り丁寧に教えてくれるおかげで、歩くだけならいくらかは形になった。

「そうそう、筋がいい。その調子で一周しておいで」

おっかなびっくりで手綱を操りながら、玻璃は馬をゆっくりと歩かせる。

運動神経は悪いほうではないと思うが、自分の努力だけでなく、馬と呼吸を合わせなければならないというはじめての体験に、玻璃は少々戸惑っていた。

玻璃はペットを飼ったことがないため、動物との付き合いというのがよくわからない。同級生たちの中には犬や猫を自分の家族として接する人たちも多く、動画や写真を撮っては「うちの子は可愛い」と、よく見せ合っていた。画像や動画を見て可愛いと思うこともあるが、鉱石の感情が読める玻璃には、言葉が伝わらず考えも読めない動物とはこれまで人間以上に一線を引いてきたのだ。

「玻璃はまずは馬の世話からかな」

　一日の訓練が終わった後で、スヴェンがそう言った。

「世話……俺が？」

　面倒くさいという気持ちが先に立ち、それが表情に出てしまったようで、「そんな顔をするな」と諫められる。

「なんで俺が、って顔をしているね」

「まあ……」

「玻璃は引っ込み思案なあまり積極的に人と関わらないでしょう？　それは悪いことではないし、きみなりの処世術なのかもしれない。自分から関わらなくても誰かが察してくれる。人間は顔色や様子を見れば大抵の人と意思疎通できるから。だけど馬は違う。この子は玻璃が自分から関わろうとしなければ、うまく気持ちを察することができないんだ」

（引っ込み思案ってわけじゃないんだけど……）

　人とあえて関わりたがらないことをそう思われていたのか、あるいは玻璃が意図的に人と距離を置いていることを、彼は勘づいているのかもしれない。だが、それをスヴェンに否定されなかったのは意外だった。

　この国の王子であるスヴェンは、協調性や交流などを重視する人だと勝手に思い込んでいた。

　けれど玻璃が人と積極的に関わろうとしないことについて、悪いとは思わない、と彼は言う。

　スヴェンは玻璃に向かって微笑んだ。

「だからね、もっと馬のことを知ってあげて。馬に上手に乗ろうと思うなら、馬と仲良くなるのが一番の早道だよ。こちらが愛情を注いでやればこの子たちはその分を返してくれる。信頼関係を結べば、玻璃の助けにも必ずなってくれるはずだ。――私が教えてあげるからついておいで」

　そう言ってスヴェンは厩舎《きゅうしゃ》へ玻璃を連れていくと慣れた手つきで掃除をはじめる。馬の糞《ふん》を除《よ》け、汚れた寝藁《ねわら》を変える。

　愛《いと》おしそうに親身に世話をするスヴェンを、玻璃はまぶしい気持ちで見つめていた。

　そして彼のこの姿勢を羨むのと同時に、自分を恥じる。先ほど言われた「自分から関わらなくても誰かが察してくれる」という言葉が玻璃の胸に突き刺さっていた。

　今までそれなりにうまくやってこられたのは、相手が自分を察してくれていたからなのだとようやく思い至る。玻璃と仲良くなりたくて、きちんと知ろうとしてくれた人もいたのかもしれないのに、自ら世界を閉ざしていた。

　不意に大学での米村とのことを思い出す。

（王子様っぽいと言われてむっとしたことがあったけど、あれは褒め言葉だったんだろうな。スヴェンっていう本物の王子に出会った今なら素直にありがとう、って米村に言えるんだけど）

　彼は玻璃と仲良くなろうと、いつも話しかけ、誘ってくれていたのかもしれない。なのに自分ときたら……。

（ごめん……米村。元の世界に戻れたら……今度こそ本当にカラオケに行くから）

　玻璃、とスヴェンに呼ばれ、はっと顔を上げる。

「こうやってね、飼い葉を交換してやって――ブラシをかけてやって。ほら、気持ちよさそうにしているでしょ」

　いい子、と言いながらスヴェンは馬にブラシをかけてやっていた。彼の言うとおり、馬は非常にリラックスし、甘えているような仕草もしてみせる。

「スヴェンは……王子様なのに、こんなこともするんですね」

「そうだね。王子らしくないとはよく言われるが、私は人や動物と接するのは好きだし、こういう時間を大切にしたいと思っているんだ」

　ふふっ、とスヴェンは笑う。

「王子というだけで、私の周りには様々な人たちが集まってくる。けっして好意を持ってくれる人間だけではないし、悪意を持ってくれる人間もいる。私を操ろうとしたり、私の足を引っ張ろうと画策していたり……そういう人間もいるから、ある意味私も玻璃と同じで、距離を置いて人と付き合うことのほうが多い」

「……意外」

「そう？」

「うん、意外だなって。スヴェンはいつもにこにこして、楽しそうに誰とでも仲良くしているイメージだった。昨日も街についていったとき、色んな人と気さくに話をしていたし」

「街の人たちは好きだよ。こちらが真剣に話をするときちんと聞いてくれるからね。彼らはいつでも本心で話をしてくれるし、偉そうにふんぞり返っている貴族たちよりもずっと好きだな。だから私は街の人たちのために戦っているんだよ」

　珍しく悪態をついたからか、ひとつ咳ばらいをし、話を戻そう、とスヴェンが言う。

「これまでは、私の味方はヨナスとアクセルの二人と、そして姉のリデルだけ。でもヨナスとアクセルの二人だって、私が子どもの頃はいなかった。私の味方はリデルだけだったんだ。油断していたら、どこで足をすくい取られるかわからないからね」

　だから幼い頃はとても気難しい子だと思われていたらしい。

「信じられない……」

「本当だよ。いつもしかめっ面ばかりして、子どものくせにこうやって眉間に皺《しわ》を寄せていてね」

そう言いながら、スヴェンは大げさに顔をしかめてみせる。きれいな顔のくせに妙な顔をしてみせるから、おかしくて玻璃は笑い出してしまった。

「嘘みたい。今のスヴェンからは全然考えられない」

「そうでしょう？　すごく可愛げのない子どもだったんだ。でも、この子たちが私を変えてくれた」

スヴェンは馬の背をゆっくりと撫でる。

「馬は私が手をかけたらかけただけ、応えてくれる。いつしか誰にも言えないようなことを馬に相談するようにもなって、自然と仲良くなった……すると、不思議なもので人付き合いもうまくこなせるようになったんだ。だから玻璃もなにか言えないことは馬に言うといい。いくら私がなんでも話してと言っても、玻璃は私たちには言えないこともあるだろう？　この前のように溜め込んでいるのは身体に毒だし」

「あれは……！」

この間、彼の前で号泣してしまったことを指して言っているのだとわかって、恥ずかしくなった。と同時に、彼の前ではなぜか自然に泣けたことが不思議でならない。人前であんなに感情を露わにしたことなどなかったのに。

「わかってるよ、玻璃。あれは私たちだけの秘密にしておこう」

口元に人差し指を当て、いたずらっぽく笑う。

「玻璃が、本当はとても寂しがりで怖がりだということもね」

「スヴェン……！」

玻璃は顔を耳まで真っ赤に染める。

けれどそんなふうに言われてもスヴェンに反発する気持ちは不思議と起こらなかった。

スヴェンの前なら素直な自分でいられる。それがどうしてかはわからなかったが、彼の側はとても心地よかった。

「支度はできたか。行くぞ」

ヨナスが声をかけた。

今日はこれから城下を離れ、瘴気が蔓延していると言われる地方へ出向くことになっていた。

城下で起きた瘴気退治には玻璃も同行していたが、地方への本格的な遠征ははじめてである。これまで近場はヨナスの馬に乗せてもらってはいたものの、遠くに行くには一人で馬に乗ることが必要だったため、玻璃の乗馬訓練を待って、いよいよ本格的に出向くことになったのだ。

だが、今回の遠征にはスヴェンは同行しない。彼は城での仕事が忙しく、そのためヨナスとアクセル、そして玻璃という三人を中心に小部隊を編成し、向かうこととなっている。

最初はスヴェンも参加するといって聞かなかったのだが、政務の書類の山を見て必死に説得した。

「はい」

玻璃が厩舎《きゅうしゃ》へ駆けていくと、黒毛のゾットが走りたくてうずうずしているらしく、前脚をしきりに掻《か》いていた。

「ごめん、ゾット待たせた」

以前、スヴェンに馬の世話をすることを勧められたおかげで、玻璃の馬として与えられたゾットとはいい関係である。乗馬というのは一朝一夕に上達するというものではないが、それでも短期間で遠乗りまでできるようになったのは、スヴェンいわくの信頼関係を結ぶことができたためだろう。

「……ったく、足手まといなんだよ。やっと乗れるようになったとか勘弁してほしいんだけど」

ゾットに乗って隊列に合流すると、アクセルが嫌みたっぷりに玻璃に言う。

「アクセル、ごめん。練習したけどこれが精一杯だったんだ。足を引っ張らないようにするから」

「どうだか。おまえなんかいなくても十分俺たちでやれる」

　アクセルはそう嫌がるが、現状、玻璃抜きで瘴気討伐というのはできない状況だった。玻璃が持つ水晶の剣の力はかなりの効果がある。ただ、やはり短剣という性質上、たくさんの瘴気を相手にするのは骨が折れることだったが。

　それでも玻璃の剣のおかげで、瘴気に取り憑かれた人々を殺さずにすんでいることは大きい。

「はい、そこまで。アクセルがどれだけ言おうと、玻璃にはいてもらわないと困る」

　ヨナスが間に入ったが、そのせいでアクセルがますますへそを曲げる。彼は相変わらず玻璃のことを嫌っていて、スヴェンやヨナスがいくら言ってもまったく態度を変えようとはしない。

　ただ、玻璃のことをいくら嫌っていても、彼がスヴェンにとって不利になるようなことをしないのはありがたかった。

　自分だけが嫌われていて、他に迷惑がかからないなら、それでいい。

「玻璃にいてもらわなくては、じゃなくて、玻璃の剣だけが必要なんだけどね」

　減らず口を叩くアクセルに玻璃は苦笑した。

「アクセル、いいかげんにしろ。玻璃がいなければ、この水晶だけ持っていってもどうしようもないのはおまえもわかっているだろう。早くしないと被害が大きくなる。ぐずぐずしている暇はないぞ」

　行くぞ、とヨナスは玻璃の肩を叩いた。

「ふん」

　アクセルが舌を巻いてそっぽを向き、自分の隊列のほうへ歩いていった。

ヨナスはアクセルが立ち去った後、玻璃に「大丈夫か」と聞いてくる。

「なにがですか」

「アクセルのことだ。ガキみたいなやつで悪いな」

「別に……気にしてないから」

スヴェンと厩舎で話をしたときに、自分の未熟さを反省し、自分からヨナスやアクセルに歩み寄ろうと思っているのだが、生来のコミュニケーション能力の低さから、なかなかうまくできずにいた。ヨナスはなにかと気にかけてくれるが、アクセルはまったく取り付く島もない。

（人間関係ってほんと難しい……）

今まで人に背を向け知らん顔をしていたツケは大きかったらしい。

「――璃、玻璃」

深く考え込んでいたようで、ヨナスに腕を摑まれて、呼びかけられていることにようやく気づく。

「あ、はい」

「どうした。ぼんやりして」

「いえ、なんでもないです」

「街が近い。気を引き締めろ」

ヨナスの声に緊張感が漂う。

はい、と返事をして目をこらすと、ヨナスの言ったとおり、街が見えてきた。伝令から、この街全体が瘴気にやられていると報告があったため、手はじめにとやってきたのだ。

スランというエトリオン城にほど近いこの街は、ルウミの中でも比較的大きい。そのようなところで数日前、単なる乱闘騒ぎが徐々に発展し、内紛状態にまでなったという。今では女性や子どもが外に出られない状況が続いていた。

街が近づくにつれ、嫌な雰囲気が漂いはじめる。ねっとりと湿度の高い、不快な空気。玻璃も瘴気と何度か相対したことで、この独特の空気がそれだと知っていた。

　街の中心地まで馬を走らせたとき、ドオン、と地響きのような、身体に振動が走るほどの大きな音が聞こえた。そちらへ顔を振り向けると、煙が上がっているのが見える。

「アクセル、行くぞ！」

　ヨナスが手綱を引き、馬の向きを変えた。二頭の馬とともに、音の鳴ったほうへ向かう。

　徐々に不穏な空気が色濃くなってくるのと同時に、人の叫び声も聞こえてきた。

「………！」

　道を進んで現れた、目の前の光景に玻璃は思わず目を背けた。

　広場で暴動が起こっており、人々が争っている。それだけでなく広場の側にある、大きな建物や広場の噴水も巨大なハンマーで打ち壊されているのだ。

　それは異様な光景だった。あまりのことにヨナスとアクセルも馬を止める。

「ひどい……」

　玻璃は水晶を手に取り、瘴気を浄化したい、と強く念じる。するとみるみるうちに水晶は短剣へと姿を変えた。

　その剣を目の前にかざすと、争う人たちの周りに黒い靄が見えている。

「行ってきます。援護をお願いします」

　玻璃がそう言うなり、ヨナスは「承知した」と玻璃の横につく。

　玻璃が馬から下りて、人々の中心へと駆けていく。アクセルがそれに気づいたのか、彼も馬から下りて玻璃の援護をしはじめた。

　人の身体の真ん中にある瘴気の塊を狙って剣を当てる。相手は素手の者もいるが、鎌や鍬《くわ》などの武器を携えている者も少なくない。拙《つたな》い剣の腕しか持たないため、さすがにまともに相手はできず、アクセルやヨナスが打ち据えて弱ったところを玻璃が剣で浄化していく、という寸法だった。

　これまでの瘴気討伐はスヴェンもおり、また数人程度の浄化ですんでいたから、比較的苦労はなかった。が、今回は違う。大きく派手な暴動に玻璃は体力も気力も削られていく。また、玻璃たちに同行してきた兵士らも、街の被害を食い止めるので精一杯の様子だ。

「玻璃！」

　疲れてふらついたところを、背後から棒で肩を打たれる。あわや剣を落とすところだったが、すんでのところでヨナスに助けられた。

　力任せに打たれた肩は、徐々に痛みを増す。だが、痛いからといって立ち止まれば、今度は自分がやられてしまう。

　玻璃は必死に暴徒たちを相手にしていた。

だが、剣を振るっても振るっても次から次に暴徒が現れる。果たして終わりはあるのか、と思うほど苦しい戦いだった。

　この先、こんなことがいつまで続くのだろう。

けっして今回だけではなく、魔石を破壊しない限りは永遠にこの戦いは終わりを見ることがない。しかし、魔石がどこにあるのかは誰も知らないのだ。

　それを探し出すことと、破壊すること。

　わかっていても、そう簡単にはいかない。だが、魔石を破壊しなければリデルをあの水晶から解放することはできないし、玻璃も元の世界に帰ることは不可能だ。

　必死に剣を振るい、玻璃は瘴気に取り憑かれた一人一人から核となっている塊を剣で貫き、浄化する。

「助けて！」

　小さな子どもの叫び声が上がった。

　見ると、幼稚園児くらいの子に、まだ年若い少年が摑みかかろうとしているところだった。

「危ない……！」

　玻璃は少年に向けて水晶の刃を向ける。その刃は暗闇を晴らし、少年を浄化した。

　気絶して倒れた少年を玻璃が柔らかい草の上へ寝かせてやると、小さな子どもが玻璃の側へ駆け寄ってきた。

「キラキラの剣で、黒いのどっかいっちゃったね」

「うん。そうだよ。このキラキラの剣は強いんだ」

　笑顔を作って言うと、子どもの顔もぱあっと明るくなる。

「黒いの、ぜんぶやっつける？」

「ああ、俺が全部やっつけてやるから。だからおまえも頑張れ」

　うん、と頷く子どもの頭を玻璃は撫でる。強い心は瘴気を寄せ付けない。きっとこの子は、玻璃の力を見たことで少なくとも絶望することはなくなっただろう。自分の力がこの子たちを絶望から救えるなら、と力を振り絞ってまた立ち上がった。


　次の日も、その次の日も瘴気との戦いは続く。

　遠征に出向き、そこからさらにまた遠くへと向かう。城にはもう十日以上帰っておらず、来る日も来る日も瘴気と相対して、兵士たちは疲弊していた。

（なんか……おかしい）

　玻璃が異変に気づいたのは部隊の兵士たちで小競り合いがはじまったときだ。その場はヨナスが諫めたのだが、誰もがイライラしていると玻璃は感じていた。

　そういえば、ここ数日、言い争いが頻発しているようにも思える。

「疲れていませんか」

　休憩中、玻璃に水の入った水筒を手渡してくれた兵士がいた。身体は大きいが、とても温和な男で華奢な玻璃をいつも気遣ってくれる。

「ありがとうございます。大丈夫です」

「長丁場ですからね。休めるときに休んでください」

　やさしい言葉をかけられて、玻璃はほっと息をつく。兵士たちの小競り合いはもしかしたら瘴気に当てられたのかもと考えたが、それならもっとひどい暴動になるはずだ。だからきっと違うと玻璃は自分に言い聞かせた。

　だが、そんな矢先のことだった。

　連戦のあまり、つい玻璃も「少し休みたい」と愚痴をこぼした。疲れ切っているし、野営先で思わず弱音を吐いてしまうのは仕方ない。誰しもあることだ。だが、その漏らした弱音にヨナスが「これしきのことで」と冷たく言い放ったのだ。

「こんなことは序の口だ。今から弱音を吐いていてどうする。もっと活躍してもらわねばならんのに、この程度で不満を口にするなど情けない。弱音を吐く暇があったら、剣の稽古でもしていろ」

　そう玻璃をねぎらうでもなく、逆に責めるようなことを言われる。

「だいたいスヴェン様にこれ以上ないくらいよくしてもらっているのに、たかがこのくらいで弱音を吐くなんて。あんたは特別待遇なのに贅沢が過ぎる。役立たずのくせに」

　追い打ちをかけるようにアクセルがそう言った。

　たったこれくらいの弱音くらいで、こんなに言われるなんて。玻璃の気持ちは一気に沈んだ。

　一生懸命やっていたつもりだったが、彼らにとってはなんの意味もなかったのかもしれない。

　言われたときには腹が立ったが、二人の立場から考えてみると、玻璃への言葉は正しいものだった。だからよけいに落胆してしまう。

　玻璃がもっと剣技に長《た》けていたら、これほど辛辣に言われずにすんだかもしれない。すべては自分が未熟であるがゆえのことだ。

　玻璃も、だいぶヨナスとは打ち解けたと思っていたのだが、彼はそうではなかったらしい。

（やっぱり……ヨナスも俺のことが気に入らないのか……）

　アクセルはともかくヨナスとは話ができると思っていただけにショックもひとしおだった。

「……悪い、先に休ませて」

　だから玻璃はヨナスやアクセルになにも言うことができず、そのまま幕屋へ戻る。

　二人のことだけでなく、部隊の中がおかしな雰囲気になっていることにも気づかないほど、玻璃も気持ちを乱していた。

　強い毒は一気に症状が出るものだが、弱い毒は少しずつ長い時間をかけて身体を蝕《むしば》む。後から考えると、そのように遠征の部隊にも瘴気の影響が出ていたのだろう。

　次の日も玻璃は皆と必要以上の言葉は交わさずに討伐にでかけていた。口を開くとよけいなことを言ってしまいそうな気がしたからである。

　あらかたの討伐を終え、ようやく城下に帰還することになった。

　その道すがら、休憩時に兵士同士が喧嘩をはじめた。はじめは肩がぶつかった、という程度のものだったのだが、次第に諍《いさか》いが周りに伝播《でんぱ》し、あちこちでもみ合いがはじまる。

「なにやってるんだ……！　やめろ！」

　玻璃は声を張り上げて諫める。だが、諍いは止《や》まない。

　見ると、兵士たちの周りを黒い靄がうっすらと取り巻いていた。

「……！」

　強いものではないが、確かに瘴気が兵士たちにも取り憑こうとしている。このままでは部隊すべてに影響が出てしまう。

「ヨナス……！　アクセル……っ！」

　玻璃は二人を呼ぶが、近くにはいないらしく玻璃の呼びかけには応えなかった。

「くそ……っ」

　玻璃は水晶に瘴気を浄化してくれと念じる。だが、玻璃にも疲れが出ているのか、集中力に欠け、いつものようにはいかない。水晶はなかなか短剣に姿を変えなかった。

「頼む……っ、お願いだから……！」

　必死で気力を振り絞り、水晶へ気持ちを集める。なんとか形を変えた水晶の剣で兵士らの瘴気を浄化しきったときには、ふらふらになっていた。

「も……ダメ……」

　玻璃は木陰でぐったりと座り込む。もう気力も体力も限界だった。しかしこんなところで休んでいたら、またヨナスやアクセルにサボっていると思われかねない。

　どうにか力を振り絞って、皆のところに戻るが、水も飲めないほど疲れ果てていた。

「玻璃、遅いぞ。どこをほっつき歩いていたんだ」

　冷たいヨナスの声に、さらに心が冷えていく。騒動のことを話しても、休むための言い訳だと思われるかもしれない。

「……ごめん」

　ぐっと言葉を飲み込んで、玻璃はただ謝った。

「飯を食ったら、スヴェンに報告に行くとしよう」

　半月以上も続いた遠征だったが、ようやく城下に戻ってきた。

　兵舎にある厩舎に馬を入れ、城下町にある宿屋へ三人で出向く。宿屋は食事も出しており、そこはとてもうまいと評判なのだとヨナスは言った。

　久しぶりの街の明るく賑《にぎ》やかな雰囲気に、玻璃はほっとしたものを感じていた。しばらく殺伐とした毎日が続いていたから、平和な空気が流れているここはとても安心できる。

　ヨナスの言ったとおり、料理自慢の宿屋の料理は壮観だった。食卓に並べられたそれは温かい湯気を立てており、どれもおいしそうだ。

　シチューも、ミートパイもいつもならば喜んで手を伸ばしたはず。だが、玻璃は浮かない表情を浮かべていた。

「玻璃、もしかして調子が悪いのか」

　気遣うようにヨナスが声をかける。

「……大丈夫。どこも悪くないから」

　強がってそう言ったが、まるで食欲がない。おいしそうな食事を見ても、心が動かなかった。

「そうか。それならいいが。調子が悪いなら早く言え。怪我でもされると困る」

　ヨナスの言葉に玻璃は唇を噛んだ。

（怪我でも……って、これ以上足手まといになるなってことか……）

　もしかしたらヨナスはそんなつもりで言ったのではないかもしれない。だが、今の玻璃にはすべてがひねくれた考えでしか受け取れなかった。

　悔しい気持ちになりながら、しかし、やはりなにも言えずに玻璃は口を噤む。

　できることと言ったら、足手まといと思われないように、ただ必死に役目をまっとうすることだけだ。

「やっぱりどこか悪いんじゃないのか？　さっきからほとんど食べていないようだが」

　指摘されて、玻璃は自分の器を見る。

　一口、二口、口をつけたがあまり食べる気になれず、そのまま残してしまっていた。

「このところ、食べられていないようだが、どうかしたのか」

「別に……本当に平気だから」

「無理をしてもちゃんと食わないと、体力が落ちるぞ」

「うん……でも……」

　単に食欲がない、と言おうとしたそのとき、アクセルが割って入るように言った。

「ヨナス、放っておけばいいですよ。どうせ異世界から来た玻璃には俺たちの食事は口に合わないんでしょ」

　ふん、とアクセルが鼻を鳴らす。

　いつもは受け流すことのできるアクセルの嫌みが玻璃の心を蝕み、ざっくりと傷をつけた。

　胃なのか、心なのか、身体の奥にずきりと痛みを覚える。

　けっして口に合わないわけではない。野営のときの野趣あふれる食事だって、むしろ意外においしいと思っていたくらいだ。けれど、近頃はなぜか食べる気になれないだけ。舌はおいしいと感じているのに、まるで喉を通っていかない。それを説明しても、彼らはきっとわかってくれないだろう。

「……ごちそうさま。残してごめん。……ちょっと外の空気を吸ってくる」

　だったらなにも言い訳などする必要はない。誤解されたとしても、いつものことだ。

　玻璃は立ち上がって、外へ出ようと足を踏み出したそのとき、身体がぐらりと傾ぐ。なぜ身体が傾くのだろう、そう思ったときには玻璃の身体は地面に倒れていた。

「玻璃！」

　ヨナスの声が聞こえたのを最後に玻璃は意識を手放した。

　目が覚めて視界に飛び込んできたのは、天井の梁《はり》だった。

「……え……なんで俺……」

　宿屋で食事をしていたはずなのに、なぜ寝ているのか。

　似たような光景を見たことがある。そう、玻璃がこの世界にやってきてすぐ城で熱を出して倒れ、何日も寝込んだことがあった。そのときと同じ感覚だ。

　まだまともに目が開かず、ぼんやりとしながら、あたりを見回す。見慣れない部屋だが、ここはどこだろう。ひとつ確実なのはここが城ではないということか。

　ただ、ベッドに横たえられているらしく、柔らかな感触が心地よかった。

「………マジか……」

　意識を手放す前をなんとか思い出す。食事の後、おそらく倒れてしまい、ヨナスとアクセルが面倒を見てくれたのだろう。

　それが証拠にシャツの襟元が緩められている。少しでもリラックスできるようにと気遣ってくれたらしい。

　玻璃は大きくため息をついた。

　結局また迷惑をかけてしまった。足手まといになりたくないと思っていたのに、これではさらに足を引っ張っただけだ。

　沈む気持ちに歯止めがかからず、玻璃はぎゅっと目を瞑《つむ》る。

　起きようか起きまいか、悩んでいると「玻璃」と声がかかった。ただ、その声はヨナスでも、アクセルのものでもない。

　声のほうへ顔を向けると、そこにはスヴェンの姿があった。

「スヴェン」

なぜここにスヴェンが、と慌てて身体を起こす。

「横になっていなさい。また倒れたらことだ」

玻璃の傍らにスヴェンが座った。

「遠征の疲れが出たんだろうね。食事をしたのは覚えているかな？　その宿屋で休ませてもらっているんだよ。起きられるようになったら迎えをよこすから、それまでここでゆっくりしているといい」

どうりで見慣れない場所のはずだ。それでなぜスヴェンがここにいるのだろう。疑問が顔に表れていたのか、スヴェンは微笑みながら口を開いた。

「ヨナスとアクセルに呼ばれてね。彼らは今、遠征の事後処理をしているから、また後で顔を出すと言っていた」

わざわざスヴェンを呼んだのだ。ヨナスやアクセルだけでなくスヴェンにまで迷惑をかけてしまった。

「すみません」

「なぜ謝る」

「……迷惑をかけてしまったから」

するとスヴェンはふっ、と小さく微笑んだ。

「前にも言ったが、迷惑ではないよ。それに、玻璃が倒れてしまったのは私のせいでもある」

すまない、とスヴェンは謝るが、この件に関してスヴェンはまったく関与していない。すべて玻璃自身の至らなさゆえのことだ。

「スヴェンのせいじゃない。俺がふがいないばかりに」

「いや、そうじゃない」

言って、スヴェンは首を横に振った。

「事情はヨナスからすべて聞いた。最近ろくに食事をしていなかったとね。……思うに、食べられなかったのだろう？」

「…………」

なんと返事をしていいのかわからず、玻璃は目を伏せた。

「食べるものを食べていなかったのだから、倒れて当然だ」

「だから、それは」

食べろと言われていたのに、食べられなかったのは自分に原因がある。だから倒れてしまったのも自業自得なのだった。

「食べられなかったのは、悩みを抱えていたから。違う？」

「別に悩みなんて」

「ない、とは言わせないよ。ヨナスが言っていた。玻璃に辛く当たった、厳しいことを言いすぎたと反省していた。それにアクセルがひどいことを言ったともね。前から玻璃にひどい態度を取っていたことも……」

「だけどそれはやっぱり俺がみんなの言うとおりにできないからだし」

「違う」

スヴェンはきっぱりとそう言った。

「玻璃からしてみたら、いきなりこんなところに来て、わけのわからない者と戦えなんて言われても納得がいかないだろう？　我々だって、玻璃と同じ立場に立てば同じように思うはずだ。なのに、連日連日戦いに駆り出され、弱音を吐くことも許されなくて……だから心労が溜まって、食べられなくなってしまった……そうだね？」

ここでスヴェンの言葉を肯定してしまったら、告げ口しているのと同じだ、と玻璃は思った。彼らは自分がここに来る前から仲間であり、信頼関係を結んできた。告げ口めいたことをして、彼らの関係性を壊してしまったらと思うとすぐに頷くことはできなかった。

「玻璃はやさしいね」

意外な言葉に玻璃は顔を上げてスヴェンを見つめ

た。

　なぜこの会話の流れで、やさしいとそんなことを思うのだろう。ひとつもやさしいと感じさせるようなことは口にしていない。

「やさしい？　どこが？」

「だって、私の問いにすぐに返事をしなかったでしょう。きっと答え方ひとつで、私たちの関係をぎくしゃくさせてしまうかも、って思ったんじゃない？」

「それは……」

　すっかり見透かされてしまっていた。玻璃の考えることなど、この人には容易に見抜かれてしまう。

「とにかく、食べられなくなるまで追い詰められていたんだよ、玻璃は。辛い思いをさせたね。……ヨナスには悪気はないと思うが、あれは己にも厳しい男だからな。すぐに成果が出せずに焦っていたのかもしれない。だからといって、玻璃にヨナスと同じものを求めるのは酷というものだ」

　スヴェンは申し訳なさそうな顔をしながら続けた。

「それからアクセルのことだけどね、本当は遠征をともにすれば少しは打ち解けてくれるかと思って参加させたのだが……かえって負担をかけてしまったんだね。あれはどうにも私のことを信奉しすぎるきらいがあって、私に近づく者を寄せ付けないようにしているんだ」

「…………わかっています」

　アクセルの頑なさは、玻璃にも理解できる。だからこそやり過ごせると思っていたのだが、玻璃は自分を過信していたらしい。案外彼の言葉の棘《とげ》は玻璃の心の奥深くに刺さっていて、知らないうちにかなり傷ついていたのかもしれない。食べ物を受け付けなかったり、倒れてしまったりしたのは、心よりも身体のほうが正直だったからなのかもしれなかった。

「しかし、そうであっても、玻璃を傷つけていいという理由にはならない。玻璃のほうが慣れない場所に来て、不安を抱えていた……玻璃に対しては第一に気遣わなければいけなかったのに、それを怠ってしまっていた。いきなり遠征をさせて、私も一緒に行けばよかったのに、同行せずにいた……玻璃の大丈夫という言葉に甘えていたのだな、私は。本当に申し訳ない」

すまなかった、とスヴェンは頭を下げた。

遠征に彼が同行できないのは当たり前のことだし、けっして非があったわけではない。

彼はまがりなりにもこのルウミの王子だ。その王子が、本来なら迫害されてもおかしくない異邦人に向かっていとも簡単に謝罪の言葉を述べ、頭を下げている。

王子なのに、なぜ彼はこのようなことまでするのだろう。

今まで玻璃の周りには、見た目が違うというただそれだけで、容易に悪態をつき、蔑むような扱いをする者が数多くいた。謝罪をされたことはほとんどない。

スヴェンという人は、こんなふうに誰にでも公平な態度を取ることができる人。だからとても魅力的で、その魅力ゆえに多くの人が彼を好くのだろう。

（俺も……たぶん……その一人だ）

誰かに好意を抱く、というのは真珠以外もしかしたらはじめてのことかもしれない。

この人はいい人だ、と思うことはあっても、友達になりたいとかもっと話をしていたいとか、そう思えるような人はいなかった。

けれどスヴェンのことはもっと知りたいと玻璃は思う。それもはじめての感情だった。

同時に、アクセルの言葉を思い出した。

——スヴェン様によくしてもらっているくせに。

アクセルの言うことを否定はできない。玻璃はスヴェンにとても気にかけてもらっている。それが証拠に、今こうして彼自ら見舞いに来てくれ、そうして手を尽くしてくれている。やはり特別扱いされているのだ。

　スヴェンはきっと玻璃だけではなく、他の者にも同じようにするのかもしれないが、玻璃自身、心のどこかで自分が特別だという驕《おご》りがあったからこそ、ヨナスやアクセルの言葉に傷ついてしまったのだろう。気を遣ってもらって当たり前だと心のどこかで思っていたからこそ。

「スヴェン、謝らないでください。俺が子どもだっただけなんだ。ほんの少し自分にしかできないことがあったことで、心のどこかに自分は特別なんだからって気持ちがあったんだと思う。だから、ヨナスにちょっときついことを言われたくらいで、辛くなった」

「玻璃はやっぱりいい子だね。そんなふうに思える人はそういない」

　ふわりとやさしい笑みを浮かべてスヴェンはそう言う。お世辞だとわかっているものの、なんとなく照れくさくて玻璃はそっぽを向いた。

「……あんまり褒めないでください。本気にするから」

「おやおや、本当のことを言っただけなんだけれどね」

　クスクスとスヴェンが笑い、玻璃は気恥ずかしくて顔を赤らめた。

「もう！　揶揄わないでください」

「揶揄ってなんかないよ。それはそうと……」

　玻璃、こっちを向いて、とスヴェンは言った。その声がつい今し方までのふわりとしたやさしいものではなく、ピリッとした空気を含んでいたので、玻璃は彼の言うとおりに顔を振り向けた。

「玻璃、改めてお願いがある」

「……なんですか」

「玻璃にはかなりの負担をかけているのは私もわかっている。だが、ルウミに暮らしこれからもこの国で生きていかねばならない者にとっては、瘴気の件が深刻な問題なのは理解してほしい」

それはスヴェンに言われなくても玻璃自身、瘴気と相対していてよくわかっていた。元々は人間の心に存在する感情とはいえ、悪意だけが在《あ》る生き物は既に人ではない。だからこそ、人の心を悪意だけに染めるようなものを蔓延《はびこ》らせてはいけないと玻璃は考える。これは単なる正義感ではなく、あれを許してしまえば、人は近い将来滅びてしまうだろう。

玻璃の考えもスヴェンと同じだ。

そう思っていると、スヴェンは玻璃の手をそっと取る。まるで大事なものに触れるように、丁寧な仕草で。玻璃が声も出せずにいるとスヴェンはじっと見つめてきた。

「勝手な言い分とは承知しているが、これからも手を貸してほしい。玻璃のことは私が必ず守り抜く。もう玻璃がこうして倒れるようなことはさせないと誓おう」

それはまるで昔おとぎ話で読んだ、騎士がお姫様に誓うような台詞《せりふ》だった。手を取られて「誓おう」などと言われるなんて、玻璃の人生からは考えられなかったことだ。

「手を貸してくれるだろうか」

じっと見つめられて、玻璃はどぎまぎとした。ただでさえ、同性の自分から見ても美しいと思う男に懇願されていること自体、夢かなにかではないかと思うのに。

ともかく、こうまで真剣に請われて断ることなど、玻璃の頭にはまったくなかった。

はじめは嫌々ながら手を貸したが、今では違う。もし、元いた自分の世界に同じようなことが起こったら、玻璃も彼らのようにわずかな希望に縋るに違いない。

　自分がそんな希望であるなら、手を差し伸べるだけだ。困った人を見過ごすような薄情な人間になりたくないと、彼の背中を見て決めた。

「もちろんです、スヴェン。俺が少しでも力になれるなら……」

　そう口にした声は少し上擦っていたのだと思う。なにしろ言い慣れない言葉だ。まさか自分から力になれるなら、なんて言うとは思わなかった。しかも本心から。

（……こんな人間だったんだ……俺……ま、いっか）

　ふっと玻璃は表情を和らげた。

　この国に来て、スヴェンに出会って、知らない自分と向き合っているような気がしていた。こんな青臭い部分が自分にあったなんて信じられない。けれど、間違いなくこれは自分自身の言葉だ。

　こうして倒れてみて、はじめて今まで気づかなかった自分に出会えた。本当にこれまでの自分はただのお子様だったんだな、と玻璃は内心で苦笑した。

「ありがとう、玻璃……！」

　彼の表情がぱあっと明るくなり、満面の笑みが浮かんだ。

「スヴェンは、本当にこの国を愛しているんですね」

　玻璃が言うとスヴェンは「ああ」と力強い声でそう答えた。

「――この国は美しいだろう？」

「ええ」

　彼の言うとおり、この国は――ルウミは本当に美しい国だと玻璃も思う。

（一度だけ行ったことがある、北欧《ほくおう》によく似ているんだよな）

　玻璃は一度、真珠とともに北欧へ行ったことがある。両親が亡くなったのが北欧だったからで、彼らの遺骨を引き取りに二人で飛んだ。悲しい思い出だったから、それきり行ったことはないが、はじめて見た雄大な自然に心を奪われたことを思い出した。

　目に飛び込んでくる圧倒的な緑。空が溶け込んでいるようなフィヨルドの水面、それらと残雪の山々とのコントラストが非常に美しく、幼心に目と心に焼き付いた光景だった。

　その景色とこのルウミはとてもよく似ていて、だからなのか、ときどき懐かしいような気持ちにさえなる。

「スタファン王――私の父も、それから亡くなった王妃も、ルウミの景色をとても愛していた。王は今でこそ床についてしまっているが、王妃が亡くなる前は賢王の名を持つほど、臣民のことを第一に考える王で、私はその王の息子としてふさわしくありたいと思っているのだ。ルウミの美しい景色を守る、そのためにはまず魔石からルウミの民を守らねばならない」

　彼の表情から、心から彼はルウミを愛し、この国を守りたいと考えているのだと窺《うかが》い知れた。

（スヴェンは……本当にスタファン王を敬愛しているんだな）

　うわべだけの言葉ではないことを玻璃は感じ、彼のこの真摯な気持ちに心を打たれた。

（力になる、なんて、威勢のいいこと言っちゃったけど……中途半端な気持ちでいるのはすごく失礼なことだ）

　今までやっぱりどこかお客様気分だったのは否めない。

　ルウミの……スヴェンの力になろうとするなら、自分が変わる必要がある。

　本音をぶつけずにきたから、関係に無理が生じてしまった。ヨナスにもきちんとできないことはできないと、傷つく前にぶつけていたらなにかが違っていたかもしれない。

それに上っ面だけの人間をいったい誰が信じるだろうか。そんな人間を自分は一番信じられなかったのではないか。

本音で話し、信頼されるようにならなければ、皆は玻璃を認めないだろう。

うわべを取り繕うようになったのも、結局自分が傷つきたくないだけだったから――。

（うわ……俺ってほんと恥ずかしい……本当に子どもだ……）

玻璃がそんなことをつらつら考えていると、スヴェンが玻璃の顔を覗き込んできた。

「どうしたの、玻璃。疲れた？」

「う、ううん。なんでもない。……なんか恥ずかしいなと思って」

「恥ずかしい？　なにが？」

「いや……こうやって何度も倒れて、迷惑かけて」

「そんなことはないよ」

「ううん、やっぱり俺がしっかりしていなかっただけだから。あの……スヴェン」

「なんだい？」

「……いいや、なんでもない。ヨナスに頼み事があったんだけど、自分で話すから」

本音で向き合うと決心したばかりだ。自分から動かなくてどうする。起き上がれるようになったら、ヨナスのところに行こう、そして思っていることを話そう、そう玻璃は思った。

「そうか。――ああ、さっきも伝えたが、ヨナスなら後で来ると言っていた。玻璃を城に送り届けてくれるはずだ。さて、長居をしたな。玻璃はもう少し寝ていなさい。宿の者に夕飯を頼んでおいたから、それを食べてから戻ってくるといい」

「スヴェン、ありがとうございます」

「たいしたことはしていないよ」

スヴェンはそうにっこりと笑いながら言って、部屋を出ていった。

たぶん、まだ疲労が残っていたのか、宿から差し入れられた夕食をとると玻璃は再び眠りに落ちていた。

目覚めたのは、コンコン、とドアをノックする音が聞こえたときだ。

「はい」

返事をすると、ドアを開けてヨナスが部屋に入ってきた。

「ヨナス」

そういえばスヴェンは、ヨナスが後で玻璃を送り届けるために来ると言っていた。すぐに支度をしなければと身体を起こす。

「いい、無理をするな」

どことなく、ヨナスの様子が遠慮がちなものに思えた。

「どうしたんですか」

するとヨナスはキッと睨みつけるように玻璃を見た。

（えっ、なに。スヴェンはヨナスが反省してるって言っていたけど、やっぱまだ俺のことウザいって思ってんのかな）

それはそうだよな、と玻璃はヨナスの気持ちもわかる、と考えていた。使えもしない子どもの相手はさぞかし面白くなかったことだろう。

「玻璃、悪かった」

だが、次にヨナスの口から飛び出したのは謝罪の言葉だった。しかも深々と頭を垂れている。

「えっ、あのっ」

狼狽えたのは玻璃のほうだ。怖い顔で睨まれたと思っていたのに、顔とは真逆の言葉が彼の口から飛び出してきたのだから。

「ひどいことを言った。本当にすまない」

「いえっ、あの、俺のほうこそ……みんな頑張ってるときに足を引っ張って……おまけに倒れてしまうし……」

「いいや、それはすべて俺が悪い。さっき兵士たちに聞いたが、俺たちがいない間、瘴気が兵士たちに取り憑こうとしていたんだってな。それをおまえが止めてくれたって……本来の力が出せなくなっていたことも聞いた。まるで気づかなかった上、冷たく当たってしまったな」

　がっくりと肩を落としながらヨナスが言う。さらに彼は続けた。

「言い訳になるかもしれないが、遠征がはじまってすぐの戦闘からなぜかイライラしていて、玻璃に八つ当たりをしてしまった。それに八つ当たりをしていると自覚もしていなかった。きっとあれも瘴気のせいだったんだろうが……おまえが倒れるまで追い詰めて、申し訳なかった」

　珍しくヨナスがとても焦って必死になっている姿に玻璃は驚いた。いつでもどんと大きく構えている男だと思っていたが、しどろもどろに喋《しゃべ》っている姿はすごくギャップがある。

「仕方ないですよ。俺がイラつかせていたんだろうし」

「いや、そうじゃない。違うんだ」

　きょとんとした顔で「違う？」と玻璃が聞き返すと、ヨナスはいきなり顔を赤くした。なぜなのかまったくわからない玻璃は首を傾げる。

「玻璃は……その……スヴェンになにか聞いたか？」

「なにかって……スタファン王のお話とかはしたけど」

　いつもと違う様子を不思議に思いながら返事をすると、ヨナスは顔を耳まで真っ赤に染め、「実は」

とぼそぼそと声を出す。それがあまりに小声だったので、玻璃は「なんですか」と聞き返したほどだ。

「実は……その……リデル様のことなんだが……」

「リデル様がどうかしたんですか」

「いや……なんというか……俺とリデル様は……将来を誓った仲というか……その……」

　豪傑の口からなんともそぐわない言葉が飛び出してきて、しかも、相手がリデルだというその事実に玻璃は耳を疑った。

「えっ!?　ええっ!?」

　そのため、大げさなほど驚いたのは仕方ないことだろう。

　告白した当のヨナスは顔を赤くして、照れくさそうに頭を掻いている。

「……驚くのも無理はないが、そんなにビックリしなくとも」

「や、驚いたけど。でも……そうか……そうなんだ……」

　真っ赤になっているヨナスを見ているなど、おそらく貴重な経験かもしれない。

　だが、ヨナスとリデルが並んでいる姿を想像して、玻璃はお似合いの二人だと納得する。

「まあ……そういうことだ。俺は……だから、リデル様を早くお救いすると誓ったのだが――リデル様があの水晶に囚われて……玻璃が来てくれてから、いくらかはましになったが、それでもまだ先は見えぬ」

　ヨナスの顔色はもう赤くはなかったが、今度は落胆したような色を見せる。

　このところずっとヨナスはピリピリと神経を尖《とが》らせ、玻璃にも厳しいことを言っていたが、彼自身もひどく自分を追い込んでいたようなところがあった。

「俺は事態を打破できないもどかしさから、玻璃に辛く当たってしまったのだ。本当に申し訳ない」

再びヨナスは玻璃に頭を下げた。

彼は自分の能力では魔石がどうにもならないことや、来る日も来る日も終わりの見えない瘴気との戦いで疲弊していたのだと、そう言った。

その気持ちは理解できる。玻璃も疲れ果てていたがために、自分を必要以上に追い詰めていたのだから。すべて終わりの見えない戦いのせいで、けっしてヨナスだけが悪いわけではない。

「玻璃も……いや、玻璃のほうが俺なんかよりもずっと辛い思いをしていただろうに、俺は自分のことで頭がいっぱいだったようだ。まだまだ未熟なのだな、と思い知ったよ。玻璃が倒れてようやく我に返ったなど、本当に不甲斐ない。スヴェンにも活を入れられてしまったしな」

ばつが悪そうにヨナスは頭を掻きながらそう言った。

今のヨナスの表情は玻璃が倒れる前までのものとはまるで違っていた。遠征に出る以前の、大らかで鷹揚《おうよう》な男に戻っていた。

「――やっぱり、俺たちもちょっと瘴気に当てられていたってことなんだよね」

玻璃の言葉に、ヨナスは大きく頷いた。

「ああ、そうだな。まったく、今思い出しても玻璃にとんでもないことを言っていた」

「俺も……ちゃんと話をしていたら……こんなことになっていなかったんだと思う。俺が足を引っ張っているってことを相談できなかったから。……ごめんなさい」

玻璃もヨナスへ頭を下げた。こんなにすらすらと自分の正直な気持ちを誰かに伝えられるようになれたのは、スヴェンに言われたことが大きいのかもしれない。彼の器の大きさに見合うようになりたいと思ったから。

「玻璃が謝ることはない。だが、俺たちはもっと話をすることが大事なようだな」

　ヨナスが笑顔になったので、玻璃もつられるように小さく笑った。

「うむ、玻璃はもっと笑ったほうがいいな」

　前にスヴェンに同じことを言われたな、と玻璃はスヴェンが子猫を拾ったときのことを思い出していた。あれからそれなりに時間が経ったのに、自分はなにも成長していなかった。それなのに、いっぱしの大人のつもりでいたことが恥ずかしくてならない。

「スヴェンにも同じことを言われた」

「そうか。ではもっと笑うといい。辛気くさい顔をしていたら、それこそ瘴気にやられてしまうだろうしな」

　その言葉に玻璃は頷いた。つけ込まれる隙というのはきっと今回のようなところからできるのだろう。

　不意にヨナスが「スヴェンといえば」と思い出したように口を開いた。

「玻璃が倒れたことで久方ぶりにひどく叱《しか》られたのだがな。あれは普段はにこにこして、飄々《ひょうひょう》としているのだが、怒ると非常に怖い。玻璃も気をつけろよ」

　肩を竦めて、本当に嫌そうに言うので、ヨナスはかなり厳しく叱られてしまったのだろうと想像できた。少し申し訳ないような気持ちになりながら、「はい」と返事をする。

　ヨナスとのギスギスした雰囲気が嘘のように晴れて、爽やかで穏やかな雰囲気が流れている。

　人を信じないというのは、簡単だが、信じることは難しい。スヴェンが玻璃を信じてくれているから、玻璃も彼を信じられるようになった。こうしてヨナスとも本音で話をし、なんとなくお互いの理解が深まったように思える。

（俺は……当たり障りなく人付き合いができていたと思っていたけど、違ったんだな……）

本当に人を信じたり、信じてもらえたりするには、相応の努力が必要だった。そう気づかせてくれたスヴェンやヨナスに玻璃は今度こそ心から感謝した。

Ⅳ

「玻璃、怖がるな！　もっと踏み込め！　もっと――よし、そうだ」

　カン、カンという金属の打ち合う音が響く。

　玻璃はヨナスに剣の稽古をつけてもらっていた。剣術の技量もなく、体力もないままでは以前と同じ足手まといなだけである。ヨナスに時間を割いてもらい、稽古に当ててもらった。

　これまでは、ただヨナスやアクセルが敵を弱らせた後に、瘴気の核の部分を切り裂くだけだからと、特に剣の技量は鍛錬を積んでいなかったが、それではヨナスやアクセルの負担が大きい。

　玻璃もある程度剣を扱えるようになれば、さらに短時間で多くの核を捉えることができるに違いない。そう思って、玻璃はヨナスに頼み込んだのだった。

「わかるか？　これを、＊＊＊＊＊したら、一気に――」

　ヨナスの言葉がときどきよくわからなくなるのは、玻璃が水晶を稽古のときには外しているからである。ルウミに来て、司書の手伝いをすることで文字は覚えることができた。水晶のおかげで会話に不自由はないが、せっかくなら自力で話せるようになりたい。

　語学は元々得意なほうだし、わからないのをそのままにしておいてもろくなことはないと、水晶なしでの会話にチャレンジしているのだ。

　そのおかげもあってか、片言ではあるものの、水晶なしでもだいぶ話が通じるようになってきた。

　はじめはコミュニケーションなどさほど重要でもないと思っていたが、先日の一件以来、誰かと過ごす時間を増やすようにしていた。

「さ、今日はここまで。俺はこのあと用事があるのでな、悪いが続きは明日にしてくれ。……雲行きがよくないな。玻璃は用がなければ早く部屋に戻ったほうがいいぞ。ここからじゃあ、雨が降ったら部屋に着くまでにびしょ濡れになっちまうだろ」

「わかった。早く戻るよ。忙しいのに今日もありがとう、ヨナス」

「いいってことだ。玻璃はかなり上達したと思うぞ。はじめのへっぴり腰からは雲泥の差だ」

「もう！　それは言わない約束だって」

「いいじゃないか」

ハハハ、とヨナスが高笑いで去っていく。

あれから、ヨナスとはさらに距離を縮めることができたが、アクセルとはほとんど話をすることはなかった。ヨナスの話によると、アクセルはヨナス以上にスヴェンに叱られたそうだが、玻璃には一切謝罪の言葉もなく、彼の態度は前以上に頑なものになっているらしい。

――アクセルはスヴェンに心酔しているからな。玻璃のことが羨ましいんだろう。ただの焼きもちだから放っておけばいいさ。

ヨナスはそう言っていたが、玻璃はアクセルのことが心配でならなかった。

心酔しているならなおさら、アクセルはスヴェンに叱られたことがショックだったに違いない。

剣の稽古にもこの数日顔を出していないから、よけい気になっていた。近隣の街の様子を偵察に行っているとのことで、心も身体も強いアクセルを玻璃が心配しなくてもいいのだろうが、心に少し引っかかるものを感じていた。

「……他人のことばかり考えるなんて、俺らしくなくなったな」

苦笑しながら玻璃は花壇の煉瓦《れんが》に腰掛けた。

せっかく外にいるのだし、気分転換に今日はここで勉強するのも悪くない。

空を見上げると、黒雲は確かに空を覆っているが、少しくらいなら大丈夫だろう。雨が降りはじめてからでもそう濡れることはないはず、と思いながら懐に入れていた紙の束を取り出した。ルウミの言葉を覚えるのに自作したものだ。この紙束に単語や文法を書き付け、英単語のように読んでいた。

「文字を読むのはだいぶできるようになってきたんだけどな」

文字を覚え、基本的な単語が理解できるようになったおかげで、大半の書物は読める。文法もそこで習得した。だが、まだ話すのは苦手だ。ルウミの言葉は発音がなかなか難しいため、流暢《りゅうちょう》に話すことはまだできなかった。

「発音が難しいんだよなあ。英語とも違うし」

はあ、と玻璃はため息をひとつ落とした。

そこに猫が「ニァ」と鳴きながら顔を出す。まるで「どうしたの？」とでも言うように。

「なんだ、クウか」

この猫は以前スヴェンが拾った猫で、彼にクウと名付けられ、城で暮らしている。なんでも近頃はねずみ取りの名手となっているらしく、特に厨房では重宝されているようだ。

少し前まで本当に子猫、という感じだったのだが、動物の成長は早い。あっという間に大きくなって、今ではもう子猫というには違和感があるほどだ。けれど、まだ甘えたがりな性格は健在のようで、誰かの元によくやってくる。

クウというのは、ルウミに自生している可愛らしい白い花の名前から取ったものだ。その花はルウミの民にとって身近であり、お祝い事に欠かせないほど愛されている。毛並みが真っ白で可愛らしい子猫がその花のように皆に愛されてほしい、という願いが込められているのだろう。

「おいで」

呼ぶとクウは玻璃の膝の上にひょいと乗っかった。

クウは玻璃のことをどうやら気に入っているらしく、よくこうしてやってくる。一番はじめに手ずからクウに食べ物を与えたのが玻璃だったからなのかもしれない。ただ、やはり猫は気まぐれで、気が向いたときにしか顔を見せないのだけれども。

「ニャア」

玻璃の膝の上で、クウは喉を鳴らす。しばらく撫でていて、というように。

「あのさ、クウ、ちょっと俺の練習相手になってくれない？」

そう言って、クウ相手に覚えたてのルウミ語を練習しはじめた。まるで言葉を理解していると言わんばかりに、発音の合っているものしかクウは反応を示さない。

「おまえ、ほんっと厳しいね。これでもだいぶ上達したと思ってたんだけどなあ……」

あーあ、と玻璃は苦笑いをする。

どうやらまだまだ練習が必要らしい。しかし、これしきのことでへこたれるわけにもいかなかった。玻璃は再び、クウに話しかけて練習を再開した。

「少しはましになった？　なあ、クウ」

繰り返し発音するたびに、クウが反応する回数が増えていく。尋ねると、じっと玻璃を見つめて「ニャア」と声を上げた。

するとそのとき「うん、かなり上達したね」と背後から声がかかった。

「えっ」

慌てて振り向くと、すぐそこにはスヴェンが立っている。

「ス、スヴェン……！　なんで……！　いつからそこに」

もしかしたら、玻璃がクウ相手に必死に練習しているところを見られていたのだろうか。そうだとしても、いったいいつから……そんな疑問でいっぱいになり、頭の中が真っ白になってしまう。

「いつからって……そうだね、クウが玻璃の膝に乗ってからかな」

　爽やかなスヴェンの微笑みとは打って変わって、玻璃のほうはというと、すっかり顔色をなくしていた。

「……ってことは……ずっとここにいたってこと……？　全部見てた……？」

「そうだね、そういうことになるかな」

　独り言のようにクウに話しかけていたのも、こっそりルウミ語を勉強していたのもバレてしまった。動物が苦手、なんて言っていたのにあっさりクウに落ちているのを見られると、かなり気恥ずかしい。

　ふふっ、とスヴェンが笑う。

「……恥ずかしくて穴があったら入りたい……」

「どうして？　すごく一生懸命で可愛かったけど。たどたどしいルウミ語も、勉強に熱心なところも全部」

　スヴェンは側までやってくると、玻璃の隣に腰掛けた。

「かっ、可愛いって……！」

　可愛いと言われ、玻璃は顔を赤らめる。スヴェンのことだから、揶揄う意味ではけっして言っていないのだろうが、それだけになおのこと気恥ずかしさが勝った。

「可愛いでしょ。玻璃ってちょっとクウに似てるから。はじめは警戒心いっぱいだったけど、近頃はその警戒心も緩んでとても可愛い顔で笑うようになってきた。クウもはじめは私にたくさんひっかき傷を作ったけど、すっかり慣れてくれたしね」

　言いながら、スヴェンは玻璃の膝の上にいたクウを抱き上げる。クウはスヴェンに甘えるように、顔を彼の胸に擦《す》り付けていた。

「打ち解けてくれて、すごくうれしいよ」

満面の笑みでそう言われて、玻璃は両手で顔を覆うしかないほど、顔を真っ赤に染めた。

「玻璃、クウでなくとも、ルウミ語の練習は私も付き合うぞ。少なくとも、クウよりはいいアドバイスができると思うが？」

「そんな。スヴェンは忙しいし、俺のことで時間を割いてもらうのは悪いよ」

玻璃が倒れて以来ここ一週間ほど、瘴気による暴動の報告は特に聞いていない。だから、こうして玻璃も剣の稽古や、語学の勉強ができるのだが。しかし、スヴェンには瘴気退治の他にも王子としての仕事があり、それで多忙を極めている。だとしたら玻璃のために時間を割くより、その時間は休息に充ててほしい。

「そんなことは気にしなくていい。私が玻璃のためにしたいんだ。それに、気づいたら私よりクウと仲がいいなんて、嫉妬してしまうもの」

「そっ、それは……だって、下手くそなルウミ語の練習にスヴェンを付き合わせるのは申し訳ないし、それに恥ずかしいし」

「なにを言っている。私だって、もし玻璃の国に行って言葉を習得しようとすれば、今の玻璃ほど上達するのは難しいよ。勉強というのは、一朝一夕にできるものではないだろう？」

「そう……ですけど」

「だから、玻璃はどんどん私を利用して」

ふわりと微笑んで見つめてくるスヴェンの目が、本当に美しい、と玻璃は思った。自分の地位に驕らず、誰に対しても同じ目線で話してくれる。それは当然のことではないし、だからこそ彼は皆に愛されるのだろう。

玻璃は自分も少しでもスヴェンに近づけるように、彼の側にいるからにはもっとふさわしい人間になるようにしなくては、と心の中でそっと誓う。

（俺、スヴェンにふさわしくなりたい。隣に立っても恥ずかしくないように）

玻璃を見つめてくるスヴェンの目に自分の目を合わせるように、じっと彼を見つめる。

「ありがとう、スヴェン。今度、ちゃんとお願いするよ」

「ああ。待っているよ、玻璃」

そのとき、いきなり雷が鳴った。

どうやら、先ほどの雲は雷雲だった。稲光の直後にドーン、と大きな音がし、玻璃はびくっと身体を震わせた。

「雷だな、早く戻らないと雨が降ってくる——玻璃は大丈夫？」

「…………苦手じゃないけど、好きじゃない」

仏頂面で答えた玻璃の顔を見てスヴェンはおかしそうに笑う。

「それは苦手って言っているのと同じだよ、玻璃」

スヴェンが笑い声をたてるのと同時に、大きな雨粒がポツポツと落ち、冷たい風がビュウ、と吹いた。大雨の予兆だ。

「雨……！」

案の定、雨粒はすぐに滝のような雨となる。

「玻璃、急ぐぞ」

クウを抱えたスヴェンが玻璃の腕を取ると、すぐさま駆け出した。

「わ、待って……！」

その速さに転びそうになりながらも、玻璃はスヴェンに必死で追いつく。

二人とも全力で走ったが、居館の入り口にたどり着いたときには、ヨナスの言ったとおり全身びしょ濡れになってしまっていた。

「ひどい雨だったな」

「本当に。ヨナスの言うとおりすぐ戻ればよかった。雨が降るから早く戻れって言われていたのに」

と、言い終える前に玻璃はくしゅん、とくしゃみをひとつする。冷たい水を含んだ服が、どんどんと体温を奪っていく。

「いけない。早く着替えないと風邪をひく」

言うなり、スヴェンは駆け寄ってきた侍従に、着替えを持ってくるよう命じる。あれよあれよという間に侍従が着替えを用意してきた。

「身体を拭きたい。支度を頼む」

しかも二人まとめて部屋に押し込められ、着替えをするように促されたのだ。侍従がてきぱきと支度を調えはじめるその早さに玻璃は圧倒され、目をぱちくりとさせた。

「まあ、風邪をひくよりましだ」

まさかスヴェンと一緒に着替えをするはめになるとは。

だが突然、侍従の手が服に伸びたところでハッとする。一般庶民の玻璃は人の手を借りて着替えを手伝ってもらうことに抵抗がある。どう断ろうかと思案しているとスヴェンが「玻璃？」と声をかけてきた。

「どうかした？　まさか具合が悪くなったのでは」

心配そうに顔を覗き込んでくるスヴェンに、玻璃は慌てて首を横に振った。

「ちっ、違うから。身体は大丈夫。心配させてごめん。ただ……その……誰かに着替えを手伝ってもらうのって慣れないから……少し恥ずかしくて」

それを聞いたスヴェンは「なんだ、そうだったのか」と、ほっとしたように大きく息をついた。

「しかし……そうか。私は慣れているから平気だが、恥ずかしいというなら人払いをしよう。いつまでも濡れた服を着ているほうが身体によくない。玻璃はそれでいいかな？」

にっこりと笑いかけるスヴェンに玻璃は頷いた。

「お願いします。ありがとう、スヴェン」

「お安い御用だよ」

そう言うなり、スヴェンは周囲の従者たちに向かって着替える間、部屋から出ていくようにと命じる。

玻璃は少し申し訳ないような気持ちになったが、正直なところ気持ちが楽になった。

「さあ、玻璃、さっさと着替えてしまおうか。ここの温かい湯で身体を拭くといい」

「ありがとう……スヴェンにまで俺のわがままに付き合わせてしまったみたいで、ごめん」

人払いをしてから、そもそもスヴェンの着替えはいつも従者が手伝っていたのではないかと玻璃は気づいた。自分の手伝いだけ断ればよかった、と後悔したのである。

「気にしなくていいよ。私も一人で着替えるほうが気楽だ」

玻璃を気遣ってくれたのかもしれないが、そのスヴェンの言葉に玻璃の心もいくらか軽くなり、二人背中を向け合って互いに服を脱いでいく。

そして身体を拭こうと身体の向きを変えたところでスヴェンの裸体を目にした玻璃は、ドキリとした。

同性の裸など今までにも見たことがあるはずだが、なぜか気恥ずかしくなってまともに見られない。それなのにスヴェンが気になり、ちらちらと横目で窺ってしまう。

「どうかしたか？」

目が合ってしまったが、スヴェンのほうはどこか堂々としたもので、気にすることもなく聞いてくる。

「ううん、別に。……スヴェンって着痩せするんだなと思って」

何か言わなければ不自然だろうかと、玻璃は咄嗟に思いついたことを言う。

「そうかな。特に気にしたことはないが」

ほどよく筋肉で覆われている自分の身体を見下ろしながらスヴェンは言い、それから玻璃を見た。

「玻璃は痩せていると思ったが、本当に細いな。食が細いというわけでもなさそうだし、食べても太らない体質なのか？」

言いながら、玻璃の背に触れてくる。ただの男同士の他愛ない触れ合いだというのに、妙に落ち着かなかった。

「俺もあんまり気にしたことないけど、そうかも」

答えながらも、玻璃はスヴェンの手が気になって仕方なかった。スヴェンの触れた場所が熱を持ったように明確にわかってしまい、ドキドキと鼓動が速くなってくる。どうしてそんな反応になるのかがわからず、玻璃は必死に冷静になろうとした。

「体質だとしても、玻璃はもう少し肉がついてもいいな。そうだ、今日は一緒に食事をしないか。アクセルもヨナスも任務でいないから、二人きりだが」

スヴェンと食事をともにするのは久しぶりだ。

そう思うとじわじわとうれしい気持ちが心の底から広がっていく。それとともについ頬が緩んでしまいそうになり、それを抑えるのに必死になっていた。

ぜひ、と玻璃が言いかけたとき、スヴェンの元に別の侍従がやってきて、なにか言付けを伝える。それを聞いてスヴェンは「わかった」と頷いた。

「玻璃、すまない。公務が入ってしまった。こちらから誘ったのに申し訳ない。……この埋め合わせは改めてするから」

「ううん、気にしないで。俺は平気だし」

着替え終わったスヴェンが少し寂しそうな表情だったのは、内心ひどくがっかりしている自分の思い込みのせいだろうか。たかが食事の約束をキャンセルされただけなのに、ひどく落ち込んでしまう。けれど、スヴェンに落胆しているところを見せまいと、精一杯の笑顔を作って、彼を見送った。

「お、どうした。今日は随分やる気だな」

次の日、稽古場でヨナスがニヤニヤと笑いながら指摘した。

「別に。いつもと変わらないけど」

照れ隠しにそんなふうに答えるが、ヨナスはふうんとだけ言い、顔は依然としてニヤニヤしている。

「なんかいいことでもあったか」

「だから、変わらないって。ただ、剣がもっとうまくなりたいと思っただけ」

昨日、食事はキャンセルになったが、眠りにつく前にスヴェンが部屋に来て、改めて今夜一緒に食事をとることになったのだ。たったそれだけなのに、心が浮かれているとは言えない。

そんな玻璃の答えにヨナスは感心したように頷いた。

「そうか。玻璃がそこまで剣の腕を磨きたいと言うのなら……もっと練度を上げようか」

「えっ!?」

ヨナスがいきなり剣で踏み込む速度を速める。

「うわっ！　わわっ！　待って！　ちょっと……いきなり……」

飛んできた剣先をよけるので精一杯とばかりに玻璃は身を躱した。

「お、いい動きだ。その調子。じゃあ——こっちはどうだ」

間髪を入れずにヨナスの剣がさらに飛んでくる。

しかし、剣術を上達させたいという言葉も嘘ではない。幾度となくヨナスは鋭い剣を浴びせかけ、玻璃はその太刀筋に必死に食らいついていた。

ひとしきり打ち込みが終わると、ヨナスが肩で息をする玻璃の背をバンバンと叩き、「よく頑張った」と上機嫌で褒めてくれた。

「上達してきているとは思っていたが、これほどとは。よく頑張ったな」

「でも、まだ受け止めるだけでいっぱいいっぱいで」

玻璃は苦笑いを浮かべる。まだヨナスが本気で剣を振るっていないおかげで今日は捌《さば》くことができたが、反撃には至れない。だが、ヨナスは首を横に振りながら「いやいや、玻璃は自信を持っていい」とそう言った。

「これほどの体力と剣技なら、城の兵士たちともまともにやり合えるはずだ。いや、もしかしたら玻璃のほうがすばしっこい分、強いかもしれんな」

「また、そうやって。おだててもなにも出ませんよ」

「そんなことはないさ。なあ――アクセル」

いきなりヨナスの口からアクセルの名前が出てきて、玻璃は驚く。

今日もアクセルは稽古に顔を出していない。昨日任務が終わり、城には戻ったというのを聞いていたが、それでも今ここにいないということは、やはり玻璃と顔を合わせたくないのだろう――とそう思っていたのだ。

ヨナスがちら、と稽古場の奥にある武器庫のほうへ視線をやり、玻璃も追って目をやるが、人影らしきものは見当たらない。

「そんなところに隠れていないで、出てきたらどうだ。拗《す》ねるのもそろそろいいかげんにしないと、今度こそスヴェンに叱られるだけではすまないぞ」

ヨナスが声を張り上げて言うと、稽古場の奥にある武器庫の陰からアクセルがそろそろとばつの悪そうな顔をして出てきた。

「アクセル。ほら、玻璃になにか言うことがあるんだろうが」

相変わらずアクセルは仏頂面で、玻璃とは視線が合わない。だが、ヨナスの口ぶりでは、アクセルが自分に話があると言わんばかりだ。

アクセルはしぶしぶというように玻璃の前までや

ってくるが、痺《しび》れを切らしたヨナスが彼の背をバンと大きく叩いた。

「まったく世話が焼けるやつだ。おまえも見ていただろう？　短期間で俺の剣とあれだけやり合えるようになったんだぞ、玻璃は。それがどれだけすごいことなのか、おまえもちゃんと認めていただろうが」

　しかしその勢いに耐えられなかったアクセルの身体が前のめって、玻璃と距離が近くなった。

「……その………………すまなかった」

　すまなかった、という声はほんの小さなものだったが、確かにアクセルはそう口にした。

「なんだなんだ、そんなちっこい声で言っても聞こえないぞ。はっきり言え、はっきり。いつも声を出せと言っているだろうが」

　ヨナスの声があまりに大きくて、アクセルはしかめっ面をしたが、今度は玻璃のほうへきちんと向き直る。

「すまなかった。今までの非礼を許してくれ」

　謝罪の言葉を述べながら、アクセルは玻璃に頭を深く下げた。

「い、いや、そんな謝られるような――」

　玻璃がそう言いかけたところで、ヨナスは「違うぞ、玻璃」と遮るように横から口を出す。

「俺とアクセルはおまえに、本当にひどいことをしたのだ。異世界から突然来て心細い玻璃に、心ない言葉をぶつけたり、無理を強いたり、そういう扱いをしてしまったことはどんな状況でも許されることではない。謝罪だけですませるわけではないが、誠意を伝えたかった。それはアクセルもだな？」

「…………はい」

　言葉は少なかったが、アクセルはヨナスに無理に言わされているというふうではなかった。

「……おまえが剣にすごく熱心で、それに……ルウミの言葉も覚えてくれているようだし……その……

なんというか……」

「まったく、まどろっこしいな。見直したと素直に言え。玻璃のことをおまえは認めたんだろう？」

「まあ……そう……そういうことだけど……」

ぼそぼそとはっきりしない言葉だったが、アクセルは玻璃のことをきちんと見てくれていた。きっとアクセルも、玻璃同様とても不器用なのかもしれない。

「そういうことだ、玻璃。おまえに辛く当たっていた手前、ばつが悪いんだ。態度があまりよくないように見えるが、これでもかなり反省していてな。そう簡単ではないだろうが許してやってくれ」

「……許すも許さないも、俺も自分のことで精一杯で、今まで周りが見えていなかったんだ。でも二人は忙しい中俺にきちんと向き合ってくれて、ここまで俺を鍛えてくれた。本当にありがとう。だから……アクセルがよかったら、これからは俺とも話をしてほしい」

玻璃はそう言って、手を差し出した。自分から歩み寄ることもこれまではめったにしなかったが、握手を求めるなどなおさらはじめてだ。けれど、自然に手が出ていく。

アクセルは目を丸くし、そうして小さく頷きながら、玻璃の手を取り握手に応えた。

「……話はしてやるが、おまえはスヴェン様に甘えすぎだということを自覚しろ。いいな」

そのアクセルの毒舌があまりに彼らしく、玻璃は笑いたくなるのをこらえて「うん、わかってる」と返事をした。けれど、玻璃が笑いを我慢しているのに、ヨナスはぷっと噴き出して大笑いをする。

「なんですか、なにがおかしいんですか」

ムッとした顔でアクセルがヨナスへ言う。

「まったく、おまえときたら。やっぱりなにも反省していないではないか」

「し、失礼なことを言わないでください！　反省しました！」

　むきになって言うアクセルにヨナスはニヤニヤと笑う。

「ほう、そうか。それじゃあ、明日からは玻璃とアクセルで組んで偵察をしてきてもらおうか」

「ええっ!?」

　アクセルがすっとんきょうな声を上げる。

「反省したんだよな？　玻璃のことはもうわだかまりはないんだよな？」

　ヨナスにそう言われたアクセルは、苦虫を噛み潰したような顔で「わかりました」と頷く。

　その様子を見ながら玻璃は、アクセルと普通に話せるようになるにはまだまだかかるだろうな、と苦笑した。


　アクセルとも仲直りができ、玻璃は満足げに稽古場を後にする。帰り際までアクセルは素直ではなかったけれど、玻璃に対する態度は以前とはまるで違っていた。

（今夜の食事のときスヴェンに、アクセルと仲直りしたことを報告しよう）

　アクセルとのわだかまりについてスヴェンはとても気にかけてくれていたから、この報告はきっと喜んでくれるはずだ。

（早く部屋に戻って着替えないと）

　食事のときに稽古着では失礼に当たる。約束の時間まではまだいくらか余裕があるから、汗をかいた身体も拭けるだろうと思いながら、玻璃は自室へと向かった。

　中庭を見渡せる回廊へ差し掛かると、スヴェンの姿を見つけた。

「あ……」

彼の姿を認めたとたん、玻璃の心臓がどきりとした。

中庭で彼は数人の客人とともに歓談している。客は豪奢な衣装に身を包み、スヴェンも正装とまではいかないものの、随分とめかし込んでいた。それがよく似合っていて、とてもまぶしい。

（……かっこいい）

玻璃は立ち止まって、ついスヴェンの姿に見とれてしまう。

（やっぱり着痩せするんだ……）

こうして見ると、ヨナスほど逞しそうには思えないのに、あの服の下にはよく鍛え上げられた筋肉があることを玻璃は知っている。この前見た、彼が服を脱いだときの美しい彫像のような上半身を思い出す。

（あの腕に……胸に……何度俺は……）

今まで彼に横抱きされたり、彼の胸を借りて泣いたり、何度彼の身体に触れたことだろう。当時はまるで意識していなかったが、思い返すとあまりに恥ずかしくて、玻璃は頬を赤く染めた。

すると不意にスヴェンがこちらのほうを見る。一瞬目が合ったような気がしたが、玻璃はなぜか思わず目を逸《そ》らし、その場から立ち去ってしまった。

（……変な態度を取ってしまった）

玻璃は早足で中庭から部屋へ戻る。

たった今、スヴェンが自分のほうを見ていた。目が合ったのに、気づかないふりをして、そのまま逃げるように中庭から出てきてしまった。

（だって……）

まさかスヴェンの半裸を思い出しながら彼に見とれていたなんて。あまりの疚《やま》しさに、目を合わせられなかったのだ。

（こんな気持ちのまま食事を一緒に……って、どう

したらいいんだろう）

　これからスヴェンと顔を合わせなくてはいけないのに、と玻璃は右往左往してしまう。

　スヴェンと食事をできるのはうれしいし、とても楽しみにしていたから、断りたくはない。けれど、どんな顔をして彼に会えばいいのかわからない。

（最近……俺……少し変だ）

　スヴェンを目の前にすると普通に話しかけることができなくなった。なぜかのぼせて――緊張してしまうのだ。以前はスヴェンを前に頬を染めることなんかなかったのに、今は彼に会うと思うだけでも心臓がおかしくなくらい高鳴ってしまう。

（なんで俺……スヴェンのことばっかり……）

　頭からスヴェンのことが離れず、それが気恥ずかしくて自室に戻るなりベッドにダイブし、じたばたとするばかりだった。

　そのとき、コンコン、と玻璃の部屋をノックする音が聞こえた。

「……はい」

「玻璃、私だ」

　何気なくその音に返事をすると、スヴェンの声が扉の向こうから聞こえる。

（どうしよう）

　突然のことに、玻璃の頭の中は真っ白になる。もう返事をしてしまったから、居留守も使えない。

　玻璃の反応がなかったためだろう。スヴェンが慌てたように「入るよ」と声をかけるなり、扉が大きく開いた。

「玻璃！」

　ベッドの上の玻璃を認めたスヴェンは驚いたように目を見開く。

「どこか具合が悪いのか」

　焦ったような声と青ざめた顔。

　その表情を見て、玻璃は罪悪感に駆られた。

「う、ううん。……ちょっと眠くなっただけだから」

あからさまに言い訳のような玻璃の言葉をスヴェンは信じたらしい。ほっとしたような安堵《あんど》の笑みを浮かべた。

「それならよかった。……また具合でも悪くなったのかと思ったから」

玻璃の心臓はさっきからドキドキと妙な鼓動を打っている。

これは後ろめたさからくるものだ。……きっと。

玻璃は黙って首を横に振った。

「……どうしていいかわからなかったんだ」

「なにを？」

「自分が自分じゃないみたいで。……おかしいんだ、ずっと。スヴェンのことをいつも考えてしまうし、スヴェンに言われた言葉に一喜一憂して……バカみたいだけど……全然自分をコントロールできなくて。スヴェンを見ると頭の中がスヴェンでいっぱいになって、もっとたくさん話したいって思うのに、うまく話すこともできないし……だからいつも気にかけてもらっているのに、申し訳ないなって」

こんなことを言われても、彼は困るだけなのに口が止まらない。

「玻璃、顔を上げて」

促されて、玻璃は顔を上げる。怒るか、困った顔をしているかと思ったが、意外なことにスヴェンの表情は——笑顔だった。

「今、きみが言ったのは、私に向けての盛大な愛の告白だと思うんだけど、そう受け取ってもいいのかな」

スヴェンの言葉に玻璃は虚を衝《つ》かれたように、目を見開いた。

（愛の……告白）

玻璃はたった今、自分が言った言葉を思い出し、そして——熱が集まっていく顔を慌てて両手で覆い、ベッドの上に伏せた。

　スヴェンは椅子から立ち上がると、うずくまった玻璃の頭をやさしく撫でる。

「ご、ごめん……スヴェン……！　そんなつもりじゃなくて……俺……」

　告白なんかするつもりはなかった。それどころか、スヴェンに言われるまで、自分が彼に抱いていた気持ちが恋心だとすら思っていなかった。

　恋が自分の心に芽生えるなんて、信じられない。自分が人を――家族ではない人を愛することができるなんて。

　今まで恋愛なんかと思っていた。誰かが誰かに夢中になって、その人のことしか考えられないなんて、嘘っぱちだとさえ思っていた。

　けれど、今の自分のこの気持ちは――なにか甘い……そう、前にスヴェンに作ってもらった蜂蜜水のような、とろりと甘く温かい……そんな気持ち。

　これが恋心というものなのか、と玻璃は強く自分の気持ちを自覚した。

「どうして謝るの。私はとてもうれしかったのに。……だって、玻璃は私のことを考えてくれていたんでしょう？」

　玻璃はいまだ赤い顔をベッドに埋《うず》めたまま頷いた。といっても、顔を伏せているせいで、スヴェンに見えているのは耳だけだったが、そこまで熱くなったのは自分でも感じたから、赤くなったことはわかっただろう。

「あのね、玻璃。私も……きみのことを考えすぎて、頭の中がきみだけでいっぱいになっておかしいんだ」

　おずおずと顔を上げると、スヴェンがきれいな顔で笑っている。でも、その中にどこか照れた様子が見えるのは気のせいだろうか。

「……俺がスヴェンと出会ってからそんなに経っていないのに、こんなに簡単に好きだって言われて、驚かないの……？」

　自分でも信じられないと思っているのに。

　こんなこそばゆいような感情、誰にも抱かないと思っていたのに、それを彼に見透かされて驚いたのは玻璃のほうだ。

　できたらこんな思い、誰にも秘密にして自分の奥深くにしまっておきたいくらいの感情を。

「驚かないよ。時間の長さだけが人の思いを左右するものではないでしょう？　玻璃がここにやってきて瘴気と戦うために、懸命に剣の訓練をしてくれたことも、それから水晶がなくても私たちと話せるようになろうと言葉の勉強をしていることも、全部私にとっては愛しく思えるから。こんなに健気《けなげ》な子を好きにならないわけがない。――気づけば私も君のことしか考えていなかった」

　玻璃も同じだった。たった一人のことだけで頭の中がいっぱいになるなんて、そんなことははじめてだったから、まだこの感情が恋なのかどうかすらはっきりとは理解できないでいる。それでも、目の前にいる彼は玻璃の心を容易に動かすのだ。

「玻璃といると、毎日が楽しい。……気がつくと、きみのことばかり考えていて。胸のこのあたりがキュッって摑まれるみたいに痛いんだ。――ねえ、私もきみのように謝らなくちゃいけないのかな」

　いたずらっ子のような顔をして、スヴェンが玻璃の顔を覗き込む。

　玻璃は首を横に振った。

　謝ることなんかない。なにもない。

「好きだよ、玻璃。きみのことがとても」

　彼は改めてそう言いながら、玻璃の身体を転がして、仰向《あおむ》けにさせる。そして覆い被《かぶ》さるように顔を近づけた。

「そんなはず……ないのに……スヴェンが俺のことを好きならいいのにって思ったけど……」

目の前に、とてもきれいな人のきれいな瞳があって、その瞳の中に自分が映っている。こんなに近くに、息が届くほどの距離に彼がいる。

「まだ信じてない？　好きだよ、大好きだ。玻璃」

彼の唇が近づくにつれ、玻璃は目を閉じた。唇に唇が重ねられる。

やさしい……とてもやさしいキス。

ただ触れ合うだけだったけれど、随分と長いこと唇を合わせていたような気がした。


城の庭を歩きながら、昨日の出来事をぼんやりと思い返す。スヴェンの告白とキスの後、食事の席についたところまでは覚えているが、その後の記憶はない。

異世界にトリップして、王子様と恋をして――本当にゲームの主人公にでもなったような気分だ。

好きな人と思いを通じ合わせるというのが、こんなにもうれしいことだとは思ってもみなかった。

けれど、恋にうつつを抜かしている場合ではない。

人間を暴徒化させる瘴気を、そしてその瘴気の根源である魔石を破壊して、この世界を救うという使命が自分たちにはある。

「――とはいえ、いくら瘴気を浄化しても、原因の魔石をどうにかしないと、これじゃあこっちが先に参ってしまうよね」

瘴気の浄化はいわば対症療法に過ぎない。魔石を放っておけば、瘴気などいくらでも生み出されてしまう。だが、その魔石がどこにあるかなど、誰も知らないのだ。

「おとなしく待っているってのも癪《しゃく》だけど、待つしかないっていうのもな……」

歯がゆい、と玻璃はため息を落とした。

「――あれ、クウ？　クウ、どこ？」

ほぼ日課のようになっていた、クウ相手のルウミ語の練習をしようと玻璃は中庭にいた。今日も早速、と思ったのだが、どこにもいない。いつもなら中庭に足を踏み入れるだけで鳴き声を上げて近寄ってくるのに。

猫らしく気まぐれな子だから、きっとあちこちうろついているのだろう。

「……しょうがない」

ひとりで声を出して練習するのが、なんとなく気恥ずかしくていつもクウを相手にしていたが、いないのでは仕方ない。

花壇の石に腰掛けて玻璃は口を開き、ルウミ語である詩の一節を口にした。

「愛は　どんな風にして君に来たのか？　それは照る日のように、花ふぶきのように来たのか？　それとも　一つの祈りのように来たのか？――」

有名なリルケの詩だ。大学の教養科目として、第二外国語でとったドイツ語の講義でこの詩を暗誦《あんしょう》させられたことがある。玻璃は特に詩を好むわけではないが、この詩は暗誦させられたこともあり、ドイツ語も日本語でもそらんじることができた。

ついこの間まですっかり忘れ去っていたが、スヴェンとのことがあってから不意に思い出して、それからこうして発音練習の代わりに口にすることが多くなった。

昔はこんな詩などよくわからない、と思っていたが今はとてもよくわかる。この続きの『一つの幸いが　輝きながら空からほどけ落ちて翼を畳んで、わたしの花咲く魂に　大きく懸《かか》ったのです！』というくだりは、あっという間に恋に落ちた玻璃にとってはまさに同感でしかなかったから。

「一つの幸いが輝きながら空から解け落ちて翼をたたんで……か。本当にそうだよな」

まだまだ流暢とはいいがたいが、いくらかは通じる程度の発音になっただろう。そう思っていると「ニャア」と背後からクウの声がした。

「クウ！」

振り返るとそこにはクウと、そして——見知らぬ年配の男が立っていた。男はクウを抱えている。

「とてもいい詩だ。きみが作ったのかな？」

その男は玻璃に話しかけてきた。品のよい、穏やかそうな人だが、なんともいえない重厚な雰囲気の持ち主である。着ているものからも、身分の高い人なのだろうかと感じ、慌てて立ち上がろうとする。だがそれは制止されてしまい、おとなしく元の場所に腰を下ろす。彼も玻璃の横にゆっくりと腰掛けた。

「ありがとうございます。残念ながら、俺にはこんな素晴らしい才能はありません」

「おや、そうなのかね。とても情感たっぷりに吟じていたものだから、てっきりきみの作品かと思ってしまった。それにしても美しい詩だね。久しぶりにそれほどきれいな言葉を耳にした」

「ええ、とても美しい詩なので、つい感情が入ってしまって。これは、有名な詩人のものなんです」

「ほう？　有名な、というのはどなたのかな」

聞かれてギクリ、と玻璃は答えに窮した。

まさかこの世界ではない世界の詩人、と答えるわけにはいかなかったからだ。

（しまった。元の世界のことを話す相手はスヴェンばかりだったから、つい……！）

自分の存在はこの城では侍従たちには知られているが、大臣や他の貴族らとはまったく面識がない。以前、自分のことは貴族たちにスヴェンの賓客と説明されている、と聞いたが、まさか異世界の人間とは思ってもいないだろう。

目の前の男性はこれまで、城で見かけたことはなかった。ということはルウミを治める諸侯の一人なのか。いずれにしても、スヴェンのためになんとかごまかさなくてはならない。

「えっと……それは……俺の国の――」

そこまで言うと、彼はやさしく微笑んだ。

「異世界から来た、水晶の心がわかる者とかいうのはきみか」

いきなりの言葉に玻璃は言葉をなくし、目を丸くした。玻璃が異世界からやってきたと知る者は、スヴェンとヨナスにアクセル、そしてリデルのみなのだ。なのに、この人は玻璃のことを知っているような口をきく。

「驚かせてしまったようだ。すまない」

「い、いえ……でも……どうして俺のことを」

「スヴェンが言っていたよ。リデルがとても可愛らしい青年を異世界から呼び寄せたとね」

その顔は、いつも玻璃を見つめてくれる彼とどこか似ている。

スヴェンとリデルの名を出し、かつまたその二人のことを愛おしげに呼ぶ人間はおそらく一人しかいないだろう。それは――スタファン王。

独特の雰囲気といい、スヴェンが玻璃に話をしてくれた王のイメージと重なっていた。

「――陛下！」

玻璃たちのところに慌てたようにスヴェンが駆け寄ってくる。そして、玻璃が彼に尋ねる前に、正体がわかってしまった。

「スヴェン」

「心配いたしました。寝所におられないので、どこへ行かれたのかと」

スヴェンは玻璃の姿に気づき、ひとつ目配せをしてからスタファン王へ向き直った。

「いや、すまない。私が部屋の窓を開けていたら、可愛いお客さんが忍び込んできたものでね、誘われるがまま外に出てみたのだ。長いこと……部屋に籠もっていたのだな、私は」

　スタファン王はそう言いながら、腕の中のクウの背を撫でる。

　どうやら、クウが王の寝所に忍び込んだらしい。どんなふうにクウが王を誘ったのかは想像できないが、クウに導かれてここまでやってきたのだろう。

「そうでしたか」

　心なしかスヴェンの目が潤んでいるように思える。王妃を亡くして以来、長く部屋に籠もりきりだった王が部屋を出たことがうれしいのに違いない。

「外に出てよかったよ。おかげで、こうして異世界からの客人とも言葉を交わすことができた」

　スタファン王は玻璃へ視線を向ける。

「玻璃と？」

「ああ。彼がすてきな詩を朗読していたのを聞いていたのだ」

「玻璃が詩を？」

　二人に視線を向けられて、玻璃は慌てて首を横に振った。

「た、ただのルウミ語の練習だから……！　昔覚えた詩をちょっと口ずさんでいただけ」

　玻璃の言葉にスヴェンは「そうか」とやさしく頷いた。

「それより、すみません。スタファン王とは存じ上げず、失礼しました」

　王に軽々しい口をきいてしまった。知らなかったとはいえ、失礼な態度を取ってはいなかったか、と玻璃は不安になる。が、その不安を払拭するようにスタファン王がにっこりと笑った。

「いやいや。失礼はこちらのほうだ。はじめに話しかけたのは私だからな。――玻璃殿」

　スタファン王は玻璃のほうへ向き直る。

「ルウミの一大事とはいえ、貴殿を見知らぬ地へ呼び寄せてしまった上、勝手な頼みばかりで申し訳ないが力を貸していただけないか。私からも改めて頼む」

　そう言って、王は深々と玻璃に頭を下げた。それを見て玻璃はスヴェンが王を敬愛する理由がよくわかった。一国の王が特異な力があるとはいえ、金や権力がないどころか身分すら保障のない異邦人を尊重し、対等に見るなど簡単にできるものではない。

「もちろんです。俺は……そのためにここにいるんですから」

　玻璃がそう言ったときだ。

　なにやら遠くから、人の悲鳴が聞こえてくる。玻璃だけではなく、他の二人も聞こえたようで、三人は声のほうへ顔を振り向けた。

「うおおおおおおおおお！」

　次の瞬間、絶叫とともに、巨漢の兵士の一人が中庭へ走り込んできた。兵士は正気だとは到底思えないほど、すさまじい形相をしており、玻璃たちにはそれがどういうことかよくわかっていた。彼の身体を取り巻いていたのは黒い靄――瘴気だ。ただ、その瘴気の量は尋常ではなく、ひどく大きく靄もかなり濃い。

　これまでとは違う、と玻璃の背に冷たいものが走る。それほど、兵士のまとう瘴気は見たことがないほど禍々しいものであった。

（あの人は……！）

　玻璃は兵士の顔を見て、自分の目を疑った。というのも、その兵士は玻璃たちと遠征をともにした者だったからだ。玻璃にもやさしく接してくれた穏やかな男の豹変《ひょうへん》した姿にショックを受ける。

（遠征のとき……疲れていた俺に声をかけてくれた……水を差し入れてくれて……とてもやさしい人だったのに……）

　瘴気に憑かれた兵士は剣を振り上げ、王のほうへ向かってくる。

「玻璃！　すまない、陛下を安全な場所へ……！」

スヴェンは王を庇うように兵士の前に立ち塞がった。だが、兵士はスヴェンよりも身体が大きく、力任せに剣を振ってくる。

玻璃は咄嗟に水晶を握りしめ駆け出した。兵士にまとう瘴気を浄化しなければと、それだけを強く思いながら。

すると水晶が、今までにないほどの長剣に変化した。

「スヴェン！　俺が……！」

兵士めがけて、玻璃は姿を変えた水晶の剣を大きく振りかぶった。しかし、兵士に強い力で腕を摑まれてしまう。

（すごい力だ……。でも、俺だって、ヨナスたちに稽古をつけてもらっていたんだ……！）

きっと隙があるはず、と玻璃は様子を窺う。

「玻璃！」

スヴェンがその声とともに兵士に斬りかかった。

その斬り付けに、兵士が怯み玻璃の手を離す。その瞬間、玻璃は身体を捻《ひね》り、すっと身体を沈めたかと思うと、鋭い蹴りを繰り出した。

兵士の身体は蹴りに対して反応できず、足をすくわれて転んでしまう。だがすぐさま身体を起こし、玻璃に向かって剣を振り下ろした。刀身が唸るほどの鋭い斬り込みだったが、玻璃はその剣を受けてすぐさま反撃に転じた。

「ここだ……！」

玻璃が水晶の剣を兵士に潜む瘴気の核へ向けて突き刺そうとすると、剣はまぶしい光を放ち、兵士の身体を照らした。

その光に兵士はわずかに怯んだものの、次の瞬間、悪鬼のような形相で玻璃に襲いかかった。

「玻璃！　危ないっ！」

咄嗟にスヴェンは玻璃を庇い、代わりに兵士の剣を受けた。その力は尋常ではなく、自分の何倍も強い力に、スヴェンの剣は折れてしまった。跳ねた刃先がスヴェンの頬を切り裂き、血が垂れ落ちる。

「大丈夫か、玻璃」

「ご、ごめん、スヴェン……！　血が！」

「これしきのこと平気だ。それより玻璃が無事でよかった」

　ひとまず難は逃れたが、すぐさま眼前の兵士の次の一閃《いっせん》がひらめく。

　スヴェンは折れた剣で受け止めるものの、力が強く押し返すことができない。

（二人が拮抗《きっこう》状態の今、俺が手を出していいのか……？）

　スヴェンに危険が及ばないように、兵士の気を引けたら。焦りながら必死で考えている間に、兵士の剣がスヴェンの身体を傷つけようとしていた。

「危ない……っ！」

　それを理解するより前に、玻璃は飛び出す。その瞬間、水晶の剣の光はいっそう強まり、まぶしい光があたりを包む。思わず怯んだ兵士に向けて、玻璃は剣を思い切り振り下ろした。

「ぎゃああああああああ……っ」

　断末魔の叫びと思えるような、まるで人間のものではない声が兵士の口から放たれたかと思うと、玻璃の水晶の剣の光を打ち消すように、どす黒い霧があたりに撒《ま》き散らされた。

　一瞬、視界が失われる。だが、玻璃の剣の光はその黒い霧を切り裂くように放たれ続けていた。すると、兵士の胸のあたりから大きな黒い水晶の塊が浮かび上がるように出てきたかと思うと、黒い霧が消えるのと同時にそれもどこかへ消え去ってしまう。

「陛下、大丈夫ですか」

　玻璃とスヴェンはスタファン王の元へ駆け寄った。兵士はその場に倒れ、異変に気づいて駆けつけた他の衛兵らに運ばれていく。

　王もただ茫然として佇んでおり、二人が声をかけても、すぐには返答することができないようだった。おそらく今の様子にひどく衝撃を受けたのだろう。

（いつもの瘴気とは違う……あれはいったい……）

「あ、ああ。大事ない。……あれが、瘴気というものか」

「はい、陛下。ただ……今のは、我々が今まで出会ったものとはなにか違う気がいたします」

　スヴェンも同じことを考えていたらしい。

「……それは俺も感じた。なんだかすごく怖くて……禍々しいっていうか……」

「玻璃も思ったか。玻璃の力で浄化される瞬間、これまでとは違う黒い水晶が見えた。あれがおそらく、暴走してしまった水晶……ルウミを脅かす魔石だ……」

　やはり、あれは魔石だったのか。

「考えるに、いよいよ魔石のほうも蓄えた力を使って強硬手段に訴えるようになってきたのかもしれないな。陛下を殺《あや》めるか、乗っ取ることができればと思い、城内に侵入してきたのだろう」

　そのスヴェンの言葉にスタファン王はううんと唸った。

「そうか……瘴気というのは、心に隙がある者に取り憑くと言ったか……。王妃を亡くしてから塞いでいた、今の私の心の弱さにつけいろうとしていたのかもしれぬ。いや、すんでのところを助けてもらい二人には感謝する。ありがとう。二人がいなければ、今頃どうなっていたことか」

　王はスヴェンと玻璃に向かって礼を言う。

「いいえ。王妃ただ一人を愛し、慈しんだ陛下の御心を弱いなどと、誰も思いません。それは陛下のやさしさであり強さだと、私は思います」

「……いつの間にか、逞しくなっていたのだな、スヴェン。私が裡《うち》に籠もって外の世界に目を向けずにいるうちに、随分と頼もしくなっている。政《まつりごと》も魔石のことも、リデルのことも、スヴェン一人の肩にのしかからせていた。本当にすまない。……そしておまえのような子を持って親として誇らしく思う」

「いえ……陛下。そのお言葉だけで十分です」

　そう言ったスヴェンの目に微かに涙が滲んでいたのを玻璃は見逃さなかった。

　きっと今日はスヴェンにとって、とてもうれしい日だろう。

　よかった、と心から玻璃は思った。

　ひとまず難は去ったものの、魔石を破壊することはできなかった。

　それに戦ってみてわかったのは、消滅させられるだけの力は今の玻璃にはなかった、ということ。

　今回はかろうじて魔石を遠ざけることはできたが、それだけである。

　また、城内の兵士に取り憑いたということは、あの強そうな兵士でもなにかしらの心の弱さを抱えていたのだろう。強いことがそのまま心の強さにはつながらないということを思い知ったような気がする。玻璃は今まで以上に気持ちをしっかり持たなければと強く思った。

　——スヴェン、俺リデルのところに行ってきます。なにかヒントを得られるかもしれないし。

　玻璃はいてもたってもいられず、そう言った。

　——わかった。では、アクセルと一緒に行きなさい。

　さすがに森を一人で走らせるわけにはいかないと、アクセルを同行させることでスヴェンの許可を得た玻璃は、リデルのいる洞窟へ向かっていた。

「ほら、アクセル、だいぶうまくなっただろ？」

馬を走らせながら、玻璃はアクセルに話しかけた。玻璃の乗馬技術がかなり上達したことをアクセルにも示すように。

「そりゃあ、一番はじめは乗ることすらできなかったからな。だいたい、おまえの年では乗れて当然だ。調子に乗るな」

「うわ、なんなの、その言い方。ヨナスは褒めてくれたんだけど」

「俺はヨナスとは違う。……まあ、おまえもそこそこ乗れるようにはなったようだが」

つん、とそっぽを向いて言うアクセルに、玻璃はニヤニヤと笑った。

素直な物言いではないが、一応これでも褒めてくれたのだろう。ここまでアクセルが玻璃に向けて心を開いてくれるようになったのはうれしい。

自分も随分と変わったものだ、と玻璃は思う。人に対して、心から打ち解けられるようになった。だからこそアクセルも玻璃を信頼してくれるようになった。信頼してくれなければ、こうやって、玻璃に付き合って馬を走らせることはなかっただろう。

（あの日は随分時間をかけて通った気がしたけど、そんなに遠くないんだ）

いざ走ってみると、自分の乗馬技術でもさほど時間はかかっていない。もしかしたらあの日、自分の身体を案じてスヴェンが慎重に進んでくれたのだろうか。

リデルのところに行くのもしばらくぶりだ。彼女のことだから、水晶を通してなにもかも聞こえているのだろう。先日のことも彼女にはわかっているのかもしれない。

「玻璃、ここで休憩にするぞ」

一時間ほど馬を走らせると、アクセルがこんこんと水が湧いている泉の側で馬を止めた。

侍女が持たせてくれたバスケットの中には、パンに惣菜《そうざい》を挟んでサンドイッチのようにしてくれたものが入っている。

「うまそうだな。しかし、まずは水だ」

先に馬に水を飲ませ、ここまで休みなく走ってきたゾットをねぎらう。

「お疲れ様、ゾット」

そう言ってたてがみを撫でると、うれしそうに尻尾が揺れた。

馬たちに水を飲ませた後、玻璃とアクセルも泉の水を手ですくい、口をつける。

「冷たい……！」

おいしい、と玻璃はごくごくと水を飲んだ。この泉はきれいな水をたたえており、またあたりの空気も澄んでいる。水晶洞窟の近くということもあるのだろうが、身体からすっきりと澄み渡るような気持ちになっていった。

一息ついたところで、ちょうどいい岩に二人で腰掛け、鮮やかなサンドイッチを取り出して、ひと口頬張った。ほどよい塩味がおいしく、疲れも癒やしてくれる。

「これはうまい」

普段、食事のときにはほとんど口を開かないアクセルが、珍しくそれを手放しで褒める。汗をかいた後、清涼な空気の中での食事は彼にとっても格別なのだろう。

緊迫感のある状況だからこそ、こういうリラックスした時間はとても大事だ。これからどう転ぶかわからないが、今は少し無理をしてでも、あえておいしい食事を楽しもうと玻璃は思った。

休憩を終え、再び馬を走らせる。

さらに一時間ほど走ったところで、あたりへ目をやると、見慣れた景色になってきたことに気づく。懐かしい深い森の香りを、玻璃は一気に吸い込んだ。

キラキラとした木漏れ日を浴びながら、二人で森の奥へと入っていく。

　やがてリデルのいる洞窟が視界に飛び込んできた。

　馬を木につなぎ、灯《あか》りの用意をすると、アクセルと二人で中へと足を進めた。

　リデルの前に行くと、彼女は玻璃が口を開く前に、玻璃、と声をかけた。

《すべて玻璃の水晶を通してわかっていましたよ。先日は父上を……王を守ってくれてありがとう。心より感謝します》

　彼女は玻璃に感謝の意を述べる。

《あなたはとても強くなったのね。身体も、そして心も。私では太刀打ちできなかったあの魔石と互角に戦えたのですから》

　かつて魔石を相手にしたリデルの言葉は重く、そしてじんわりと張り詰めていた玻璃の不安を取り除いた。

「ううん、ただ必死だっただけだよ」

《そうかもしれないけれど、諦めない強さを身につけたわ》

「だけど……」

　水晶が短剣から長剣に変化して、レックスを浄化したときよりはずっと大きな力を得たはずなのに、結局魔石を破壊するまでには至らなかった。このまま同じように戦い続けても決着がつくことはない。

「リデル……俺はこの国を、人々を愛しているスヴェンの力になりたい。でも、たぶん今のままじゃ魔石を倒せないんだ。目の当たりにしてあの恐ろしさがわかった。だから、頼む……！　なにか俺の力のことで知っていることを教えてくれないか……！」

　玻璃はリデルに必死に訴えた。おそらくリデルは玻璃の気持ちをわかってくれるだろう。けれど、リデルも水晶に閉じ込められている以上、本来の力がほとんどないのも玻璃はよく知っている。

《ごめんなさい。前にハリィに伝えた以上のことは私も知らないの……》

リデルの返事に玻璃はがっくりと項垂《うなだ》れた。この剣だけが玻璃の能力でできる精一杯なのだということらしい。

《あ……でも》

リデルが思い出したように話を続けた。

《魔石は昔も何度か現れたと言ったでしょう？》

玻璃は頷く。その話は一番はじめにリデルから聞いたことだ。魔石は歴史の中でも何度かこのルウミに現れ、そのたびに魔石を封じる者が存在した。だからこそ、まだルウミは滅びてはいない。

《私のような巫女と呼ばれる存在は、癒やしと浄化の力を持つ者しかいないはずなの。なのに、魔石は時折現れ、そしてそのたび封じられている。そのときには必ず、玻璃と同じような、水晶を使って魔石に攻撃する力を持つ者がいたという言い伝えがあったわ。玻璃のように剣なのか、別のなにかなのかはわからないけれど、とにかくそういう人は歴史上に必ず存在していた。もしかしたら、あなたもその力を秘めた者かもしれない》

癒やすだけでは魔石を封じることはできない。なにより、石を破壊することができないからだ。破壊するためにはなにかしらの攻撃する力が必要になるということで、その力を持った者は必ず現れ、そうして魔石を封じてきた。それがルウミの歴史だ。

（過去に何度も現れていた魔石に対抗する力を自然は生み出してきたのかも。でなければ今頃ルウミは滅びていたんだろうし。それが水晶の力で……そうやって世界の均衡をはかってきたのか。だったら俺はこの水晶を信じる……今まで水晶が魔石を滅ぼしてきたというなら、きっとこれも）

改めて自分のいる意味を玻璃は考え、胸元のペンダントをぎゅっと握りしめた。

「リデル、俺……前はなんで俺が呼ばれたんだろうって思ってた。でも今は違う。俺があなたに呼ばれたのは、俺にあの魔石を封じるだけの力があるんだって信じる。信じて、これまで封じてきた人たちのように必ずあいつを破壊するよ」

　玻璃が強くそう言うと、リデルは水晶の中でふっとやわらかく微笑んだような気がした。

《そうよ、玻璃。あなたなら大丈夫》

　リデルの言葉が玻璃に勇気を与えてくれる。握りしめている水晶もリデルの言葉に同意するようにキラリと光った。

「ありがとう、リデル」

《……そうだわ。古い言い伝えに剣から雷が生まれ、その雷はすべての黒いものを打ち消した。黒い魔の石は打ち砕かれて星となった、とありました。どうしたら雷が生まれるのかはわかりませんが、その雷があればもしかしたら》

「雷……」

　魔石を打ち砕くための雷がどうしたら生み出せるのかはわからない。さすがの彼女もしばらく口を閉ざした。

　どのくらいそうしていただろうか。

　リデルが閉じ込められた水晶から、光の珠《たま》が放たれた。

《玻璃……雷は授けることができませんが、まだ私には少しだけ浄化の力が残っています。……その力をあなたに授けます。この力があなたの役に立つことを信じて……》

「リデル……！　そんなことしたら……！」

　残った力を玻璃に授けるというが、そんなことをしたらリデルの命が。

《心配しないで。身体を維持するだけの力は残しているから。ただ、しばらく眠りにつくだけ》

　彼女の放った光の珠は玻璃の胸元のペンダントに

吸い込まれる。

《――それからアクセル》

　リデルはアクセルを呼んだ。

「は、はい」

《玻璃に協力してあげて。あなたの力も必要になるわ。そして王とスヴェンを……ルウミをお願いね》

「かしこまりました。必ずや」

　アクセルは恭しく水晶柱の中のリデルに跪いた。

《玻璃、いいこと。水晶の力はあなたの心の力に応じて力を貸してくれるでしょう。……自分を信じて。あなたの力を信じて。そしてスヴェンを助けてあげて》

　徐々に弱くなるリデルの声を聞き漏らすまいと、玻璃はじっと耳を傾ける。

「わかったよ、リデル。あなたが貸してくれた力を生かすから。必ず魔石を壊して、あなたを助ける。だから……だから待ってて」

　正直に言えば不安がないわけではない。けれど、自分の力を信じると決めた。こうして力を与えてくれたリデルや大好きなスヴェン、そしてアクセルにヨナス……皆の存在が自分を支える力になる。

　眠りについたのだろう、それから彼女の声を聞くことはなく、玻璃は洞窟を後にした。


　ルウミに初雪が降る日、王宮で宴《うたげ》が催されることになった。

　初雪というのはルウミにとって特別なものらしい。四季ははっきりとしているが、比較的冬の長いルウミは初雪を境として、本格的な冬支度を整える。

　初雪が降ったからといって、すぐに雪が積もるわけではないから、はじめて降る雪を見ながら、これから本格的な冬を迎えるにあたり気持ちを切り替えるのだといった。

そのため初雪の日にはそこかしこで宴会が催されるのだが、王宮でもスタファン王の回復を祝い、大がかりに宴が催されていた。

幸いというべきか、城内の一件以来、魔石による影響はまだ見られていない。あのときいくらかでも魔石の力を削《そ》ぐことができていたのかもしれないが、破壊できていない以上、油断は禁物だ。

（リデルからもらった力のためにも……）

「おう、玻璃、食ってるか」

食事だけはしていたが、他の人々との会話の輪に入れずに一人ぼんやりとしていた玻璃の側にヨナスがやってきて話しかけた。

「うん。食べてばかりいたから。そろそろおなかいっぱいになってきたけど」

さすがに王宮での宴とあって、食べきれないだけのごちそうに酒がある。大きな豚肉の塊を焼いて、それを切り分けたものに柑橘《かんきつ》類と蜂蜜の甘酸っぱいソースがかかったもの。鹿の腿の黒こしょう焼き、それからたくさんのベリーが入ったパイに、温かいカスタード。そのままホットミルクのように飲んでもいいし、この温かいカスタードにパンを浸して食べるのもいい。こちらに来て、玻璃はすっかりこのカスタードが気に入ってしまっていた。

「あはは、結構食ったな。……で、スヴェンは？　一緒にいなかったのか。てっきり一緒かと思ったんだが。おまえを一人にさせちまって悪かったな」

「ううん。平気。それからスヴェンは今、お偉いさんたちと歓談中。スタファン王は政に復帰なさったけど、やっぱりまだスヴェンが取り仕切らないとね」

「まあ、そりゃそうだ。――で、置いてけぼりの玻璃はつまらなさそうな顔をしているわけだ」

揶揄うヨナスに「別に」と素っ気なく返す。

「そういえばアクセルは？　ずっと姿を見ていない

んだけど」

「ああ、あいつはな。実は——今、男爵様にご令嬢を紹介されて、あっちで話をしてるはずだ」

　要するにお見合いということか。アクセルもそもそもスヴェンの近侍である。若手の出世頭となれば男爵令嬢とのお見合い話が出てきてもおかしくない。

「へえ、それはすごい」

「めちゃくちゃ美人だぞ」

「そっか。うまくいくといいね」

　口の悪いアクセルだが、打ち解ければいいやつだと玻璃は今は思っている。それに、ヨナスとアクセルはここでできたはじめての友人だ。友人には幸せになってほしい。

　ヨナスと他愛ない話をしていると、ふと近くにいる貴族たちの話し声が聞こえてきた。

「……いや、スタファン王も復帰なされてようございました。しかし、スヴェン様は本当にご立派になられて。とはいえ、まだ独り身ですからね、ここは早くご結婚なされて王を安心させたほうがよろしいのでは」

「そうです、そうです。ほら、ご覧なさい。あれは隣国の王女ではありませんか。なんとスヴェン様にお似合いか」

　そう言った貴族の視線を玻璃も追う。視線の先にはスヴェンがとても美しい女性と話をしている姿が見えた。

「本当に、お似合いだ。いや、あの方は賢いと評判の王女ですよ。このまま縁談が進むんでしょうなあ。……そういえば、あの異国から来た客人はまだ居座っているのですね。陛下もスヴェン様も……随分とご贔屓《ひいき》のようですが」

　彼らはちら、と玻璃のほうを横目で見る。どうやらわざと聞かせているらしい。内心で面白くないなとは思ったが、聞き流すことにする。

傍《はた》から見れば、玻璃の存在は好ましいとは言えないだろう。どこからともなくやってきて、まんまと王子であるスヴェンの横を陣取って——だから、一度はアクセルも玻璃に反発していたのだから。

とはいえ、玻璃をスヴェンは好きだと言ってくれた。恋人だと。

玻璃も彼が好きで、この気持ちが覆ることはない。だから、スヴェンに縁談が持ち込まれそうになっていることに——それが遠目にも美しい女性との——玻璃の心がちくりと痛んだ。

「玻璃、気にするなよ。おまえがどれだけ頑張っているのか、俺たちがよく知っている。それにスヴェン自身がおまえを必要としているんだ。それだけはわかってやれ」

ヨナスが噂話をしている貴族から見えないように、玻璃の前に立ち塞がってくれた。

「ありがとう、ヨナス。でも、まあ、あの人たちにとっては俺の存在って得体が知れないからさ。異国から来たっていうのはそのとおりだし。異国っていうより、異世界だけど」

苦笑するとヨナスが玻璃の肩を叩いた。

「とにかく、異世界からやってきたのはそうだが、おまえはあのアホどもよりずっとルウミのことを考えてくれている。胸を張っていろ」

ヨナスに慰めてもらえるのは素直にうれしいと玻璃は思った。この言葉はヨナスが玻璃を信頼しているという証のようなものだから。誰かに信頼されるというのはこんなにもうれしいことなのだ。

「ああ、こんなところにいたのか」

探したよ、とスヴェンが玻璃の元に駆け寄ってくる。

「ヨナスも一緒だったか。……ところで、なにかあったのか」

玻璃の顔を見るなり心配そうに彼は言った。

「え？　ううん、どうして？」

「少し表情が固いと思ってね。楽しくないのか」

　尋ねられて、答えに困る。するとヨナスが横から口を出した。

「そこにいる無能なおっさんたちが、聞こえよがしに玻璃への陰口を叩いていてな」

「陰口？」

　ピクリとスヴェンは眉を上げる。

「たいしたことじゃないよ。心配しないで」

「しかし……玻璃。陰口など叩かれるいわれはないだろう」

　スヴェンは不快感を露わにし、噂話をしていた貴族たちへと視線を移す。

「平気だって。陰口っていってもそんなにひどいことは言われてないし、俺は気にしてないから」

「そう？」

　本当に、というようにじっと見つめられて聞かれる。

「本当。信じて」

　まっすぐスヴェンを見つめる玻璃の目を見て、スヴェンは納得したらしい。

「わかったよ。玻璃がそう言うなら」

　スヴェンは言いながら、もう一度貴族たちを見た。どうやら彼らとスヴェンの目が合ったらしく、スヴェンは彼らににっこりと極上の笑みを向ける。すると、ばつが悪いとでも思ったのだろう、貴族たちはすごすごどこかへ行ってしまった。

「あっ」

　いきなりヨナスが大声を出した。

「どうした。いきなり大きな声を出して」

　驚いたようにスヴェンが言うと、ヨナスは「すまん、すまん」と頭を掻いた。

「うまいリンゴ酒が向こうにあったのを思い出したんだ。ちょっと取ってくる」

ヨナスはそう言うなりさっさとその場から立ち去った。きっと彼は玻璃とスヴェンを二人きりにさせたいと気を利かせたのかもしれない。去り際にニヤリと笑っていたからそうなのだろう。

二人きりになると、スヴェンがそっと玻璃の肩を抱いた。それだけでなく「ヨナスは案外気が利くな」と言うと、小さく玻璃の頬にキスをする。

「スヴェン……！」

いきなりのことに玻璃は顔を赤くした。こんなところでキスなんて。誰かに見られたらと思うと、気が気ではなかった。

「誰かに見られたら……！」

「別にいいでしょ。きみは私の恋人なのだから」

「でも……」

さっきの貴族たちに見られたら、また一悶着《もんちゃく》あるかもしれない。そう思うと素直に喜んでもいられないような気がして、玻璃はスヴェンの顔を見る。

するとスヴェンは壁際の幔幕《まんまく》の陰に玻璃を引き込んだ。

「ここなら誰にも見られないよ」

そう言いながら、スヴェンはもうひとつ玻璃の頬にキスを落とす。

「玻璃が私たちのためにいろんなことを考えているのはわかっているんだけどね。……でも、今夜くらいは、玻璃の頭の中を私のことでいっぱいにしてほしいんだけど」

次から次に甘い言葉を囁かれ、玻璃は気恥ずかしくてたまらなくなる。元々、冷めたところのあった玻璃だ。密なコミュニケーションというのは不慣れである。なのに、こんなふうにストレートな愛情表現を受けるようになるとは。いまだに、それに応えるだけで精一杯だ。

「……いっぱいだから」

ぼそりと答えると、スヴェンはうれしそうに玻璃を抱きしめる。

「ああ、なんて可愛いんだろう。宴なんかどうでもよくなってきた」

「そんなのダメ。陛下もお元気になったし、みんな今日の宴を楽しんでいるんだから。——ほら、スヴェンを探してるっぽい人がいるよ。姿を見せてあげなくていいの？」

　そう言うとスヴェンは「そうだね」と苦笑した。

「そういう真面目《まじめ》なところも大好きだよ、玻璃。——では玻璃の言うとおり、隠れているのはやめることにしようか。どうでもいいおじさんたちと話をするのも今日は我慢するよ」

　それが本当に嫌そうに言うので、玻璃はクスと笑う。

「じゃあ、戻ろう」

　そうスヴェンは茶目っ気たっぷりにウインクして玻璃と宴の場に戻る。スヴェンが姿を見せると、貴族たちが彼の元へ駆け寄るようにやってきた。

　今日は我慢すると言ったように、スヴェンはにこやかに貴族たちと話をし、玻璃はなにか飲み物をと思ったところで、ちょうどヨナスがリンゴ酒を抱えて戻ってきた。

「おお、待たせたな。玻璃。さ、リンゴ酒だ。これはうまいぞ」

　ヨナスはなみなみと入ったリンゴ酒のゴブレットを手渡した。玻璃はそれを一口飲んで、甘い酒を味わう。

「おいしい！」

「だろ？」

　とろりとした蜂蜜のような甘みと、爽やかなリンゴの香りで、ついつい酒が進む。

　これは甘いがそれなりに強い酒だと気づいたのは、意識が少しぼんやりしてきたときだった。気がつくと、ヨナスは玻璃の知らない誰かと歓談している。

「……水もらいにいかなくちゃ」

　酔い覚ましの水をもらうためにその場から離れようとすると、足がふらついて、うっかり転びかけた。これはかなり酔ったな、と思ったときだ。

「玻璃、あぶない」

　倒れかけた玻璃の身体を誰かの腕が支えた。そして抱きかかえられる。

「酔っているのかい？」

　いたずらっぽく笑いかけたのはスヴェンだった。

「スヴェン……もうお話はいいの？」

　半ば舌足らずになった声で玻璃が聞くと、スヴェンは頷く。

「もう十分話をしたよ。これからは玻璃といようと思って戻ってきたのだけどね。リンゴ酒を飲みすぎたのかな」

「……ん、そうみたい。水をもらいにいこうとしたんだけど」

　足下が覚束《おぼつか》なくなるまで、酔ったのははじめてだ。口当たりがいいせいで、強いリンゴ酒を飲みすぎてしまった。

「困った子だ。こっちにおいで」

　スヴェンに支えられながら、玻璃は広いバルコニーに出る。そこに設《しつら》えられている長椅子に座らされた。

「今、水をもらってくるからそこにいて」

　ふわふわとした気分の玻璃はただ黙って頷いた。

　今日の初雪は昼間に少しちらついただけですぐにやんでしまったが、やはり雪が降るだけあって、外の空気はキン、と冷えていた。

　酔って火照った身体にはその空気がとても心地いい。

　空を見上げると、氷の欠片をちりばめたような、キラキラした星空が広がっている。とても美しい夜空だった。

しばらくすると、スヴェンが水を入れたゴブレットを持って戻ってくる。

「玻璃、はい、これを飲んで」

言われるままにゴブレットを受け取って、玻璃はごくごくと水を飲み干した。

「珍しいね。こんなに酔った玻璃を見るのははじめてだ」

クスクスとスヴェンが笑う。

「でも、これ以上可愛くなってしまうのは困るな」

言いながら、スヴェンは玻璃の横に腰掛ける。

そのとき目の前に白いものがひらひらとちらつきながら舞い落ちた。

「あ……雪」

手のひらを上向け、雪のひとひらを受け止める。

体温ですぐに溶けてしまう儚《はかな》い雪に二人はしばし見とれていた。

ひらひらと雪がスヴェンの上に降る。

彼の金色の髪を飾るような白い雪がとてもきれいで、夢を見ているみたいだ。

すっと手が伸びてきて、スヴェンが玻璃の頭を撫でる。

「積もってしまうよ」

ふふっ、とスヴェンが玻璃に笑いかける。

その笑顔に吸い寄せられるように、玻璃は彼に口づけた。

「スヴェン……好き。大好き」

酔っているから大胆になれる。

そんな玻璃にスヴェンも口づけを返す。

「私もだよ。玻璃」

愛し合うとは、こんな瞬間を共有できること。そういうことなのだと、彼を愛して知った。

けれどそれと同時に――スヴェンは玻璃を大事にしてくれるが、大事にされればされるほど、自分がこの世界に必要なだけだからか、つなぎとめておくためにやさしくしてくれるのかわからなくなっていた。

　自分でなくても、スヴェンにはふさわしい相手がいる。そう先ほどの隣国の王女との光景を思い出しながら、玻璃は胸を鋭い刃物で斬り付けられたような痛みを覚えた。

　スヴェンのことを信じてはいるが、自分にそれほどの魅力があるとは思えなかったのだ。

　特に愛想もなかった、いつも仏頂面をしていたただの子どもを可愛いと思えるものなのだろうか。

　玻璃は、不意に泣きたくなるような思いに駆られ、そのままスヴェンの胸に額を押し付けた。スヴェンは、玻璃を抱きしめ、髪の毛をやさしく撫でてくれる。

　そうやってしばらく、玻璃は彼の心臓の音を聴いていた。

V

夜の冬の森は昼間と比べ神秘的だ、と玻璃は目を細めた。

雪明かりと葉を落とした木々との白と黒のコントラストが非常に絵画的だと思う。

だが、見とれている場合ではない。大事なものを探すためにここに来たのだから。

「玻璃、そっちはどう？」

アクセルが声をかける。玻璃は首を横に振った。

「ここじゃないみたい。……もう少し先かな」

「……ったく、なんで俺まで」

ブツブツと文句を言いながら、アクセルが屈《かが》んで地面の草をかき分けている。それは玻璃も同じで、目を皿にして地面を見つめていた。

「だいたい……ペンダントを落としたのに気づかないくらいぼんやりしてたなんて、ちょっと気を抜きすぎじゃないのか。色ぼけしすぎだ」

「そういうわけじゃないんだけど……でも、アクセルまで手伝わせて悪いと思ってる」

宴の日以来、スヴェンが政務に忙しくなり、今までのように玻璃と気軽に顔を合わせる機会が少なくなっていた。彼が多忙な身なのは玻璃も承知しているが、キスどころか声を聞くこともできず、寂しい思いをしていた。

それだけでなく、またもやスヴェンへ縁談が持ち上がっていると風の噂に聞いて、玻璃は気が気ではなくなった。スヴェンのことは信じているが、それでも気になることはなる。

いつの間にか少しずつ気持ちが沈んでいくことに、これではいけないと気持ちを切り替えようと、森にでかけていたのだが、そこで大事なペンダントを落としてしまったのだ。

少し前からペンダントのチェーンが切れかけていることをわかっていたのだが、直すのを後回しにしていたため、切れて落ちてしまったのだろう。

いつなんどき、魔石が現れないとも限らず、あの水晶がなければ玻璃は戦うことすらできない。探しにいく、という玻璃をアクセルは日暮れが近いことを理由に一度は止めた。だが、結局こうして付き合ってくれている。

「しょうがないだろう。日が落ちかけているのに、森に一人で行こうなんて無謀すぎるからな。それこそスヴェン様に叱られる」

はあ、とアクセルが大きくため息をつく。

アクセルの言うことももっともで、森に一人きりで入るのは危険である。

（文句は言っても、こうして付き合ってくれるんだよな）

黙々とペンダント探しをしてくれるアクセルに、玻璃は心から感謝していた。

「これ以上奥へ進むのはさすがに感心しないな。明日の朝、もう一度探したほうが効率的だと思うけど」

「アクセルは帰っていいよ。俺はもう少し探していく」

強情を張っているのは承知している。けれど水晶を持たない玻璃など、ここにいる資格はない。自分がスヴェンに求められるのはあれがあるからなのに。なくしてしまえばきっと自分などお払い箱だ。

だから早く、見つけなければ。

玻璃は血眼になって、水晶を探す。すると、アクセルが「玻璃！」といきなり大きな声を上げた。

はっとアクセルのほうを振り向くと、玻璃のすぐ背後に巨大な瘴気の塊が迫っていた。ほどなく、一番はじめ、狼のレックスに出会ったときに森を覆った瘴気を超えるほどの、大きく黒い塊が森全体を覆い尽くす。そのうちの一部が玻璃の身体にまといついた。

じっとりとして、寒気のするような、おぞましい感覚。もがいて黒いものから逃れようとするが、玻璃の視界は黒く塗りつぶされていて、まったくなにも見えない。

そのとき、玻璃の心に語りかけるものがあった。

——スヴェンが本当におまえのことを愛していると思っているのか。めでたいやつめ。

誰の声かわからないその言葉は、玻璃の胸の奥をいたぶるように突き刺した。

「誰……！　誰だよ」

——私はおまえの心だよ。おまえも本当はスヴェンに愛されていると思っていないだろう？

「そんなことない……！　あの人は俺を愛してくれている」

——本当か？　ならば、なぜおまえに会いにこない。もう一週間も顔を見ていないのだろう？

「だ……だって、今はすごく忙しくて、寝る間も惜しんで仕事をしているから。俺が仕事の邪魔をするわけにはいかない」

——それほど忙しい男ならなぜ、隣国の王女と逢《おう》瀬《せ》を重ねているのだ。おまえをほったらかしにして。

声はそう言うと、玻璃の目にスヴェンがきれいな女性の手を取っている場面を闇の中に映し出した。その女性は宴のときに見た美しい王女。

「こんなの……こんなの信じない」

玻璃は激しく首を横に振る。スヴェンの目がじっと女性に注がれていることや、女性が熱っぽくスヴェンを見つめているところなど玻璃は見たくなくて、目を瞑った。

——だったら、スヴェンはおまえを抱いてくれたか？

せせら笑うその声に玻璃はドキリとする。スヴェンはまだ玻璃を抱いてはいなかった。玻璃のほうは心の準備をしていたが、スヴェンはキスをしてくれても、玻璃の身体には指一本触れない。

「それは……」

――やっぱりまだなのだろう？　本当にスヴェンはおまえを愛しているのか？　愛しているのなら、とことんまで欲しいと思うものではないのか？

その言葉に、玻璃は心臓に鋭いナイフを突き立てられたような気持ちになった。

（会いにもきてくれない。愛していると言ったくせに、俺を放っておいて……）

もやもやとした不安が募り、それは玻璃の中で大きくなっていく。

――おもちゃは手に入ると飽きるものだよ、玻璃。スヴェンは毛色の違ったおまえにちょっと興味を持っただけだ。いざ手に入ってしまえばどうでもよくなったんだよ。

「ち……違う……っ、スヴェンは俺のことを愛しているってはっきり……っ」

玻璃の叫びに声はククと小馬鹿《こばか》にするように笑った。

――言葉だけか。そんな言葉だけでおまえはスヴェンを信じるのか？　やはりめでたいな。スヴェンの心はとっくにおまえから離れているというのに。

声の言うことがいちいち核心をついてくる。

いまだに抱いてくれないのも、忙しいからと玻璃のことを放っておくのも、近頃はキスすらくれないのも。

もう、スヴェンは自分を愛してはいないのかもしれない。

不安が疑惑になり、スヴェンのことを信じられないと思ったとたん、それはすっとたやすく玻璃の身体の中に入り込んできた。

――ほら、見ろ。おまえも恋人を信じちゃいない。簡単に入り込むことができたぞ、玻璃。これからはおまえの身体は俺のものだ。

　ハハハ、と高笑いをしながら玻璃の身体に入ってきたのは、黒い水晶の塊――魔石だった。


　それから、どれほど時間が経っただろう。

　玻璃、と聞き覚えのある声がどこからか聞こえていた。

（スヴェン……？）

　スヴェンの声だ、と気づくと、目の前で彼が苦しげな顔をしている。

　どうしたのか、と思う間もなく、理由がわかった。彼が苦しげな顔をしていたのは、自分のせいだったのだ。

　玻璃の身体が勝手に動き、スヴェンへ剣を振り下ろしている。そう――自分がスヴェンに襲いかかっているのだ。しかも、動きは自分のものではなかった。まだまだ腕前の上がらない自分の剣ではなく、動きも力も格段に速く強い。ヨナスがスヴェンの援護をしているものの、それすら跳ね返し、二人相手に渡り合い、互角に戦っている。

（嫌だ……！　やめろ……！）

　玻璃は剣を振るう腕を止めようと力を入れるが、そんなものはまるで効果がない。ただ命令のまま、剣を振るうロボットのようにひたすらスヴェンらと戦い続けていた。

　今はまだスヴェンもヨナスも玻璃の剣を受け流しているが、これが長時間続けば彼らは疲労し、そして玻璃の剣で傷つけてしまうだろう。なにしろ、今の玻璃は疲れというのを感じていなかったからだ。

　――おや、気がついたのか。

　魔石がせせら笑うように玻璃に話しかけた。

（な……なに……？　なにが起こってるの……？）

目の前の光景に玻璃は驚愕していた。なぜ自分が彼に攻撃を仕掛けているのか。

――玻璃、おまえがなにをしたか今見せてあげるよ。さあ、ご覧。

魔石はそう言うなり、玻璃の頭の中に直接映像を見せつける。

はじめは、やめろ、と声を上げるアクセルに玻璃が斬りかかっている。

そこに駆けつけたスヴェンとヨナスは顔を見合わせ、アクセルと玻璃の姿を認めた。二人は目の前で繰り広げられている光景に、信じられないという様子で茫然としている。

スヴェンは森に行った玻璃とアクセルを探しにきたのだろう。そこで玻璃がアクセルへ剣を向けているところに出くわしたのだ。

「玻璃……っ！　やめろ！　やめるんだ！」

スヴェンは声を張り上げて止めていたが、玻璃は次の瞬間、スヴェンへ向けて剣を振りかぶった。

そしてひたすら、操り人形のようにスヴェンに向けて剣を振るい――今こうしてスヴェンと戦っているらしい。

信じられない光景に玻璃は叫び声を上げる。だが、その声は誰にも届いていなかった。

「玻璃、目を覚ませ……っ。私だ、スヴェンだ」

スヴェンの必死な目が玻璃の視界に映る。だが玻璃の声は彼に聞こえない。

――まったく滑稽《こっけい》だね。おまえが私に支配されているのを勘づいていながら、こうして剣を受け続けているなんてね。逃げりゃいいものを、逃げずに受け止めているなんて馬鹿じゃないのか。ひどく愚かだな、人間というものは。……ほら見ろ、もうじきおまえはあいつを斬ってしまうだろうよ。

魔石の声が玻璃の身体の中で響く。

魔石の言うとおり、逃げてしまえばいいのに。愛していない者など、放っておけばいいのだ。自分がこの悪意の塊に乗っ取られていると彼は知っているはず。どうにもできないのは彼が一番よくわかっているのに、なぜこうして剣を受け続けているのか。

「——スヴェン、俺を愛しているなら、俺の剣で死んでくれない？」

　魔石が玻璃の口を使い、玻璃の声でスヴェンに話しかけた。

（やめろ……！　やめてくれ……っ）

　そんなことはつゆほども思っていない。スヴェンを死なせるくらいなら、自分が死ぬ方がよっぽどましだ。

「……ぬけぬけと。玻璃の身体で勝手なことをするな。私の愛する玻璃はけっしてそんなことは言わない。何があってもともに生きる道を選ぶ子なのだから」

　スヴェンが玻璃の目を見据え、振り下ろされた剣を受け止めた。

「——ふうん、玻璃がもうおまえのことを愛していないかもしれないのに？　この身体は案外簡単に入り込めた。ということは、こいつにつけいる心の隙があったということだ。知っているか、玻璃はおまえが抱いてくれないと悩んでいたぞ。本当におまえはこいつを愛しているのか？」

　ハハハと玻璃を乗っ取った魔石が高笑いをする。

「おまえになにがわかる……！」

「わかるさ。大事にしすぎて手も出せないなんて、玻璃に一言でも言っていたら不安の種なんぞできなかったんだろうよ。だが実際はどうだ？　玻璃の身体はもう私のもの。不安なんてのは些《さ》細《さい》なきっかけで大きく膨れ上がるもんさ。こうして私が入り込めるくらいにね——もう、王子様は愛想を尽かされているんだよ」

「だからどうした。玻璃が不安だというなら安心するまで話をするさ……！　そして玻璃が私のことを嫌おうが、私は玻璃のことを愛している。その気持ちに変わりはないし、嫌われてもまた好きになってもらえるように努力するだけだ。おまえこそ、玻璃の身体から出ていけ！」

　はあはあ、と肩で息をしながらもスヴェンが啖呵《たんか》を切る。

　その言葉を聞いて玻璃は必死で声を上げた。

「スヴェン……っ！」

　今は玻璃の自由にならない身体だ。こうして声を出しても果たして本当に彼に届いているのか。それでも、玻璃は叫ばずにはいられなかった。

　彼はこんな夜中に、森の中まで玻璃を追ってきてくれた。

　どこに行ったかも伝えていないはずなのに、こうして探しにきてくれたのだ。どれほど彼が自分に気を配ってくれていたのかを思い知る。

　それに、自分が傷つくかもしれないのを承知で、玻璃の剣を受けている。

　愛していると、変わらぬ真摯な瞳でそう言った。

　自分はこんなにも彼に思われていた。なのに、なぜ自分は彼のことを信じてあげられなかったのか。

　たかだか顔を見られなかっただけのことで。少しばかり会話が減っただけのことで。

　冷静に考えてみれば、あの彼の忙しさで時間を作るほうが無理だとわかる。わかっているのに、自分のことしか考えられなかったことが情けない。

　一瞬でも不安になり、魔石の言葉に言いくるめられ、こうして自分の身体にあれほど破壊したかったものを棲まわせているなんて。

　リデルが力を込めてくれた大事な水晶までなくし、今こうして魔石に乗っ取られようとしている。

「スヴェン……!!」

　スヴェンは玻璃の渾身《こんしん》の叫びが届いたのか、はっと目を瞠《みは》った。

「玻璃……！」

スヴェンが自分を呼ぶ声が聞こえる。

だが、そこまでだった。玻璃の意識は徐々に混濁していく。こうしている間にも、身体だけでなく、じわじわと黒いものが心を染めていくような気がする。すべて支配されるのは時間の問題だった。

「ごめ……なさい……俺……。も……う……俺のことは……」

魔石の妨害を振り切るように、必死で声を振り絞る。

「いけない、玻璃。諦めるな……っ！　私がきみを助けるから……！」

スヴェンの言葉はうれしい。助けると言ってもらえて、なにより幸せだ。

だが、もうそろそろ限界かもしれない。逆らって、声を出すのも叶わなくなってきた。

後は――自分にできることは――自分ごと斬られることだ。

玻璃は薄れゆく意識の中でそう考えた。

自分の中にある魔石ごとスヴェンに斬られてしまえば、魔石は依代《よりしろ》を失う。少なくともスヴェンを傷つけずにすむし、魔石も破壊することができるかもしれない。それが叶わずとも、時間はかかるかもしれないが、スヴェンとリデルがいるなら魔石を封じるチャンスはこれから先あるはずだ。

玻璃は最後の力を振り絞って、スヴェンに向かって叫ぶ。

「お願……い、俺を……俺を斬って……そしたら魔石も一緒に……」

必死で懇願する。スヴェンを傷つけるくらいなら、自分が斬られたほうがいいと思った。このままではリデルとの約束も果たすことができない。

「馬鹿を言うな！　玻璃を守り抜くと誓ったのだか

ら、私に斬ることなどできるはずがない……！」

そう言った、スヴェンの目には怒りと悲しみが浮かんでいる。

叱られてしまったな、と玻璃は思ったが、それがひどくうれしくてたまらない。本気で玻璃のことを思って叱ってくれたのだから。このまま消えてしまってもいいくらい、とてもうれしい言葉だった。

だが、次にスヴェンが発した言葉に玻璃は愕然とする。

「魔石よ、玻璃ではなく、私に乗り移れ。王子である私の身体なら、今の玻璃を仕留めることなどたやすかろう。水晶の力を増幅させる玻璃がいないほうが、おまえにとって都合がいいのではないか」

スヴェンはなにを考えているのか。乗り移れなどと言って、魔石を挑発している。

「――ふん、なるほど。それはいい考えだ」

玻璃の口を借りた魔石はそう返事をするなり、玻璃の身体を手放した。ふっと身体が軽くなり、玻璃に全身の感覚が戻っていく。だが代わりに、スヴェンの胸元へ黒い水晶が埋め込まれるようにして吸い込まれる。

最後まで魔石がスヴェンの身体の中に入ったときだった。

「……かかったな。……これで最後だ」

スヴェンはふらつきながらも自らの剣を掲げる。そして次の瞬間、スヴェンは、自分で自分に剣を向けた。彼は自分ごと、魔石を始末しようとしているのだ。

「スヴェン……！」

ヨナスもアクセルももちろん玻璃もスヴェンを止めようと駆け寄り、しがみつく。

「貴様……っ、謀ったな……」

スヴェンだがスヴェンではない声が怒りを露わにしていた。まさかこうして、自分で自分を殺めようとするとは思わなかったといわんばかりに。

剣を自らに突き刺そうとするスヴェンとさせまいとする魔石との力が拮抗し、剣を握った手は宙で止まっていた。

「スヴェン、どうして……！　どうしてそんなこと……っ。なんで自分を犠牲にするような真似をするの！　わかってる？　あなたはルウミの王子なんだよ……！」

せっかくスタファン王が復帰したのに、スヴェンがいなくなっては元も子もない。これからのルウミを支えていくのは彼なのに、ここで自ら命を絶とうとするなどあってはならない。

「玻璃、私はおまえを守ると言っただろう？　愛する人ひとり守れないのなら、この身がどうなろうと構わない。――愛している、玻璃」

愛しているという、スヴェンの言葉を聞いて玻璃はそのとき強く願った。

スヴェンは一番大事なものだ。それこそスヴェンと同じように、愛する人を守れないなら、この身などどうなっても構わないほどに。

彼に自分はいつも守られるだけだった。――だから、今は自分が守りたい。

愛していると言ってくれたスヴェンを、いつも支えてくれた仲間たちを。自分が愛するものを守りたい。

みんなを守れる力が――欲しい。

玻璃がそう願ったとき、なくした水晶が玻璃の手の中に戻ってきた。

「あ……」

信じられない光景に目を瞬《またた》いていると、さらにそれは美しい剣となった。とても美しい装飾がされた、虹色に輝く長剣である。

そのとき、リデルの声が聞こえたような気がした。

《玻璃、あなたは自信を持っていいの。あなたの思

うままにその剣を振るうのよ》

　玻璃に起きた変化は、スヴェンと魔石は互いに対《たい》峙《じ》していたため意識をおろそかにしており、気づいていない様子であった。

「俺だってあなたを守りたい……！」

　もっと自分に力があれば——本当に俺に力があるなら、できるはず……！

　スヴェンが——そしてみんなが愛している国を、世界を、破壊するわけにはいかない。

「人は弱いから、すぐに負の感情を持ってしまうけれど、やり直す力だって持っているんだよ。破壊して新しく作り直すだけが本当にいいとはいえない。……やり直しの機会も与えられずに黙って破壊されるのを、誰も見たくないはずだろ。水晶だって、過酷な環境下で長い年月をかけて成長し、美しい結晶になるんだ。人だってきっと同じ。たくさんの月日と様々な環境で成長していくんだ」

玻璃はそう魔石へ向かって叫んだ。

　リデルの「自信を持って」という言葉、そして愛しているというスヴェンの言葉が玻璃の心を強くしてくれた。

　傷ついても倒れてもそこから起き上がる力を、自分たちは持っている。少し間違っても、気づいたときにやり直せばいいことだ。

　いくらでも自分たちは変わっていける。側にいる人たちと手を取り合って生きていける。

「だから……俺はこの世界を守って成長していきたい……！」

　剣を握りしめ、心からこの世界を守りたいと願うように祈る。

　——玻璃、力を……！

　聞こえたリデルの声に合わせ、玻璃は剣に力を込める。

　玻璃の思いに、水晶を通してリデルの意識が同調する。すると、空から星々の光が剣へと集まり、剣がまぶしく輝きはじめた。以前に読んだ書物で魔石を倒すのは雷だったが、そうではなく、剣から発した虹色の光があたりを包む。

　スヴェンの身体を光が包むと、魔石がその光によって押し出されるように姿を現した。

「今だ……！」

　今しかないと、魔石がスヴェンの身体から離れたのを見て、すかさず剣を振るった。刃が魔石にぶつかる。魔石は憤怒《ふんぬ》の声を上げ、砕かれまいと刃を押し返している。

　それはとても強い力で、剣を握る玻璃の身体がじりじりと押され、気を抜けば飛ばされてしまいそうだった。

「く……っ」

　負けたくない。この腕がどうなっても、絶対に剣を離さない。

　玻璃はすべての力を剣に込める。

　そのとき、すっと横から手が伸びてきて、玻璃の手に重ねられた。それはとても頼もしく、愛しい彼のものだ。

「スヴェン……！」

「いいか、玻璃、一気にいく。呼吸を合わせるぞ」

　その言葉に玻璃は頷く。自分の手にスヴェンの力が注ぎ込まれ、このタイミングしかない、というところでともに力を振り絞り、剣を振り切る。

　瞬間、魔石は断末魔の叫びとともに、粉々に砕け散り、空へと消えていった。まるで星になっていくようにキラキラと輝きながら。それはまるで夢のような幻想的な光景だった。

　四人でそれを見送るように見上げる。

　すべての欠片が消えたころ、空が白々と明け、朝日が昇りはじめる。

　その光は、地上に蔓延っていた魔石の名残である瘴気を、すべてきれいに消滅させた。

「終わったな」

ヨナスとアクセルが玻璃とスヴェンのほうへやってきて、ヨナスが玻璃の肩をぽんとひとつ叩く。

「終わった……んだよね」

茫然と玻璃はその場に立ち尽くす。手にしていた剣は水晶に戻り、そしてその水晶もまた、玻璃の手の中で役目が終わったとばかりに粉々に砕け散った。

「水晶が……」

玻璃は手のひらの上の水晶の欠片をじっと見つめる。

「よく頑張ってくれたな、こいつも」

横にスヴェンが立ち、玻璃の肩を抱く。玻璃が水晶の欠片を朝日にかざすと、まるで応えるように最後に美しい虹色の光を放った。

「本当にありがとう、玻璃。おかげで私も解放されました」

王宮でリデルに感謝の意を告げられる。

生身の彼女に会うのははじめてだ。水晶の中に閉じ込められた彼女しか今まで見てこなかったから、なんだか妙な感じがするが、本物のリデルはさすがスヴェンの姉というだけあり、目を瞠るほど美しい女性だった。

そして彼女はヨナスの姿を見つけると、ぱっと明るい表情になり、まるで少女のように彼のほうへ駆け寄る。

「ヨナス……！」

ヨナスも両手を大きく広げてリデルを迎え、強く抱擁する。再会した恋人たちはそこだけ時間が止まったように、いつまでも抱き合っていた。

（こんな人がヨナスと恋仲なんて）

豪快な男と美女との組み合わせは意外に思えるほどとてもしっくりきていて、まるでよくできた一対の置物のようだった。愛し合っている人たちというのはこうまで存在に説得力があるのだなと玻璃は実感する。

ならば、自分とスヴェンは、と隣の愛する人へ視線をやった。

果たして自分たちは傍から見て、ヨナスとリデルのように似合いの恋人同士だと思われるだろうか。

「まったく、めでたくてなによりだ。あっちもこっちもふわふわと浮かれて。――でも、まだこれから後処理が残っているんですからね」

アクセルがスヴェンと玻璃の間に割って入ってきた。

「そうだな。まだまだやることが山積みだ。落ち着くまではしばらくかかるだろうな」

「俺も手伝うから。ね、スヴェン」

「ありがとう。頼りにしてるよ、玻璃」

そんなふうに二人で話をしていると、アクセルが頭を掻きむしりながら「あー、もう！」となぜだか妙な声を上げている。

「なんだ、アクセル、虫でもいたか」

スヴェンがアクセルの様子を見て声をかける。

「いいえ、いませんけど。スヴェン様、ひとつ言っておきますが、イチャイチャするのは人目のないところでしてくださいね。俺はスヴェン様と玻璃のイチャイチャなんか見たくもないんで」

仏頂面で不機嫌そうに文句を言うアクセルに、スヴェンは「善処するよ」と苦笑した。

魔石を破壊した数日後には、宮中もなんとなく落ち着きを見せるようになっていた。

リデルも巫女としての仕事を再開し、再び水晶洞窟へ赴いていた。なんでも新たな浄化の水晶に祈りを捧げなければならないのだそうだ。

そして彼女の身体には新たな命が宿っていると聞かされたのは、つい昨日のことだった。

今のリデルは輝くように美しく、笑顔はまぶしいほどだった。母親になるという女性は美しくなるというが、まさにそのものだ。

「玻璃、いい知らせよ」

そんなリデルが水晶洞窟から戻るなり、明るい笑みを浮かべながら玻璃の元へ駆けつけた。

「いい知らせ？」

「ええ！　とっても」

リデルがあまりにニコニコしているので、玻璃もつられて笑顔になる。

いい知らせというのだから、なにか楽しいことでもあったのだろうか。そういえば、リデルの懐妊を祝う宴が開かれるという話があったから、そのことかもしれない。

だが、リデルが持ってきたいい知らせというのは、玻璃のその笑顔を曇らせたのだった。

「あなた、すぐにでも元の世界に戻れるわ。洞窟に元の世界に戻ることができる扉が開いているの」

その一言を聞いたとき、玻璃の思考は停止する。

うれしいはずのその知らせは、まったくうれしくはなく、それどころか玻璃の気持ちを一気に現実へと引き戻した。

「え………」

瞬きもせず、玻璃はぼんやりとしたまま、リデルがその後なにを言ったのか覚えていないほど、まったく上の空だった。

水晶洞窟に元の世界への入り口ができていたということは、つまり自分のこの世界での役割がすべて終了したことにほかならない。

ルウミから自分はもう不要だと言われたような気がして、どこかショックを受けていた。

「どうしたの、玻璃。元の世界に帰りたいと言っていたでしょう？　戻るなら私は全力であなたのために力を貸すわ。なんといっても恩人だもの」

確かに、はじめの頃は元の世界に戻りたいと毎日思っていた。魔石を破壊し、リデルを解放するまでは、という条件で協力する約束をした。

（そうだよな……はじめからそういう約束だった……）

元の世界に戻りたいという気持ちはないわけではない。

真珠は自分がいなくなって、悲しんでいないかとか、もっと勉強も続けたかったとか、数え上げたらたくさんの未練がある。けれど……。

今の玻璃はもうルウミの人間として生きていくのが当たり前になっていた。このルウミの美しく雄大な自然を愛しているし、ヨナスやアクセルのことも大好きになった。そしてなにより、スヴェンを愛してしまったのだから。

だから、ここにいたい、と思う気持ちのほうが今では強くなってしまっている。

（でも……）

玻璃はリデルに「ここにいたい」と言えないでいた。なぜなら、ここに残るのはスヴェンが本当に玻璃を必要としてくれるのなら、という前提でのことだから。

そして、リデルの子は世継ぎになれないとスヴェンの口からはっきりと聞いた。

彼女はこの国の王女だが、巫女であるリデルの力はおなかの赤ちゃんに受け継がれ、次の巫女となる。巫女の第一子は女子と決まっており、ルウミの国ができたときから連綿と続いてきたことで、なぜか第一子に男子を出産した記録はほとんどないという。

スヴェンは王子で、いずれこの国を治める者となる。だとしたら、彼にはいずれ王家の血を引く男子が必要になる。

愛していると彼は言うが、子を成すためにいずれ王妃を迎えるだろう。そのとき、果たして自分はスヴェンの側にいられるだろうか。

（嫌だ……わかっているけど……でも……）

だから、玻璃は残りたいとも言えなかった。

ここに残ることは、自分で自分の首を絞めることになりかねない。けれど、スヴェンの側にいたい。

考えれば考えるだけ、堂々巡りのどつぼにはまってしまい、もうなにも考えられなかった。

「……リデル、ごめん。今日は調子が悪いんだ。返事は近いうちに必ずするから」

「そう……それじゃあ、仕方ないわね。でも、返事は早く聞かせてちょうだい。水晶は月の光に深く影響しているから、きっと扉は次の新月には閉じてしまうはず。その後に扉がいつ開かれるか私にはわからないの。だから、それまでには。ね？」

「わかった……ごめん」

言って、玻璃はリデルに背を向け、早足でその場から去った。

新月には扉が閉じる。

「新月まで……あと、一週間しかないな」

昨日は半月だったから、新月まではあと一週間。その間に決心しなければならない。

スヴェンとのことをどうしたらいいのか、どうすればいいのか。

眠れないまま、玻璃は一夜を過ごした。

まだ結論は出ていない。

早朝、自室のベッドを抜け出した玻璃は城の庭を一人で歩いていた。一晩中雪が降り積もっていたおかげで、今は誰の足跡もなく真っ白な風景が広がっている。朝日が雪に反射し、キラキラと輝いていた。きれいだな、と玻璃は目を細める。

「スヴェン……」

たくさんの美しい景色を見せてもらった。ルウミに来てよかったと思う。それに……はじめて恋を知り、人を愛することを覚えた。一年の半分ほどの期間でこんなに濃密な時間を過ごすことができて、自分は成長したと胸を張って言える。

今、自分がここから去ることが、スヴェンのためにはいいのかもしれない。大好きな人には、幸せになってもらいたいから。彼の幸せのためには彼の血を引く者がいなければならないのだから。

でも――。

「玻璃、ここにいたの」

背後から声が聞こえた。

振り向くと、スヴェンがそこにいる。

「……おはよう、スヴェン。どうしたの、早いね」

「玻璃が、外に出ていくのが見えたから」

「そう……」

どう切り出そうか、本当に自分の出した結論でいいのか、それともスヴェンに自分の胸のうちを打ち明けてみようかと迷っていたときだ。

「リデルに聞いたよ。…………玻璃、帰ってしまうの？」

スヴェンのきれいな青い瞳を見ながら、玻璃は決心した。彼の側から離れたくない。どんな形でもいいから、近くにいたい。

だからこそ、今勇気を出さなければ。自分から歩み出すことをここに来て学んだはずだ。後悔はできることをやってからでも遅くない。

「……俺、すごくルウミが好きだよ」

そう言うとスヴェンは目を大きく見開いた。

「玻璃……それは……」

スヴェンが一歩一歩玻璃のほうへ歩み寄ってくる。

「ここに……ずっといていいかな」

やっと一言、それだけを絞り出す。

声が震えるのがわかった。これで彼に拒否をされたら、今すぐにでも水晶洞窟へ駆け込まなくちゃ、と思いながら精一杯の勇気を振り絞って聞いたのだ。

「玻璃……玻璃には元の世界に大事な家族がいると言っていたね」

真珠のことを言っているらしい。彼に自分の身の上を話し、真珠が自分にとって一番大事な家族だと伝えていた。けれど、今は——。

目の前に立ったスヴェンは玻璃の腕を引くと、そのまま自分の胸に抱きしめる。

「家族と引き裂く悪役になってしまうな、私は」

そして玻璃の前髪をそっとかき上げると、額に口づけた。

「帰したくない。玻璃……お願いだ。私とともにいてほしい」

改めて見ると、彼の顔色はいつになく悪い。目の下にくままで作って、ゆうべは眠っていないようにも思えた。もしかして……。

「……俺、ここにいていいの……？」

「ああ、もちろんだ。帰ると言われたらどうしようかと思っていた。リデルの報告を聞いたとき、玻璃が帰ってしまうんじゃないかと、ゆうべは一睡もできなかったよ」

「俺こそ……スヴェンにもういらないって言われたら、このまま洞窟までゾットを走らせなくちゃって思ってた」

「そんなこと……帰ってほしいと思うわけがないだろう。玻璃がいなくなったら私はきっと腑抜けて、前のスタファン王のように寝込んでしまう」

スヴェンのその言葉を聞いて、顔を上げた玻璃の目から涙があふれた。ポタポタとこぼれた涙は、地面の雪に水玉模様を作りながら溶けていく。

「本当に？」

「ああ。だから帰らないでくれ……帰るな、玻璃」

この人に名前を呼ばれるだけで、心が灼《や》けつきそうに動き、うれしさにさらに涙がこぼれてくる。寒い朝なのにこんなに心も身体も温かい理由は、火を見るよりも明らかだろう。

「はじめは……玻璃を家族の元に返したほうがいいのかもしれないと思っていたんだ。ここに来てすぐの頃、玻璃は元の世界に帰るのを望んでいたし、大切な人と離れた玻璃が泣いているのを見たくなかった」

「今の俺は……スヴェンと離れたら泣くよ」

「そうだね。だったら、なおのこと離してあげるわけにはいかなくなったよ。……結局、私は玻璃が泣いてもここに引き留めたかった。玻璃が帰ると言ったら、どんな手を使ってもここにいてもらおうと思っていたんだ」

スヴェンは玻璃の目に滲んでいた涙を指で拭いながらそう言った。

「どんな手って……？」

玻璃が聞き返すと、スヴェンはニヤリと笑う。

「私の部屋に軟禁しよう、とか、そういう物騒なことも考えていたんだよ、玻璃。それくらい、私はきみに夢中なんだ。はじめの頃の無愛想なきみをなんとか笑わせたい、って……そしたら笑ったきみはとても可愛くて。いつの間にか、きみが私のことを好きになってくれたらいいのに、って思っていた」

彼の言葉はとても甘くて、そしてその後にくれたスヴェンからのキスはもっと甘くて――玻璃は雪の上で溶けてしまいそうだった。

「わ……あ……」

唇を離した後、視線を上げると、空は目が眩むほどの明るい光が満ちていた。今日の空はきっと気持ちよく、青く晴れ上がることだろう。

　空を見上げると、二羽の鳥がじゃれあうように翼を羽ばたかせて飛んでいった。

　スヴェンに肩を抱かれながら、玻璃は目を細めて美しい空をいつまでも見つめていた。

　互いにすっかり冷え切った身体のまま、もつれこむようにベッドへダイブした。

　どちらからともなく唇を合わせ、息継ぎができなくなるほど長いキスを交わす。惜しむように唇を離した後、玻璃は小さな声でこう言った。

「はじめて……なんだ……」

　言ってしまってから、恥ずかしくてスヴェンから目を逸らすように俯く。

「はじめて？」

　スヴェンが聞き返す。なにが、という顔をして。

「その……今まで誰とも……こういうことしたことなくて……だから……」

　玻璃はスヴェンに一息に告げた。人と深く関わるのを避けていたため、誰かと身体を触れ合わせることすらなかった。肌に触れれば、自分の奥深いところまで知られてしまう。そんな面倒な関係はいらなかったから。

「誰とも？　本当に？」

「……うん」

　わざわざ告げることでもなかったな、と玻璃は後悔した。こんなことを聞いたところで、なにが変わるというわけでもないだろうに。ただ、自分の幼さを露呈しただけだ。

　しかし、スヴェンの反応は玻璃の想像とはまるで違っていた。彼は玻璃を強く抱きしめる。息もできないくらいに強く。

「ス……スヴェン？」

痛いよ、という玻璃の声でようやくスヴェンは力を緩めてくれた。

「ごめんね、玻璃。加減ができなくなった。なんてきみは――」

可愛いんだろう、とすぐに唇を塞がれる。小さなキスをいくつもいくつも玻璃の顔に浴びせ、何度もそう囁いた。すっかり成人した男を可愛いと言う人なんてスヴェンしかいない。なのに、それがなぜかうれしいのだ。

「玻璃の心臓がすごくドキドキしている。――ねえ、玻璃ははじめての相手が私でいい？」

聞かれて、玻璃は頷いた。

この人がいい。

「……スヴェンじゃないと嫌だ」

スヴェンの目を見てそうはっきりと告げる。すると彼は「うれしいよ」とふわりと微笑んだ。

「大事にする。……だから私に任せて」

やさしく囁かれて、そっと唇が合わせられた。

何度も角度を変えて、繰り返し唇が重なる。同時に、スヴェンが玻璃の服を脱がせにかかった。

彼の手が、あっというまに露わになった玻璃の肌の上を滑り、探るように身体をまさぐる。

「んっ……」

スヴェンの手が胸元の乳首に触れた。

意識していなかった場所に触れられた驚きで思わず声を出すと、さらに指で摘《つま》まれる。押し潰されるように捏《こ》ねられるその刺激に、ピクンと身体が跳ねるように動いた。そうしようとは思ってもいないのに、身体が勝手に反応してしまう。

「感じる？　嫌じゃない？」

少し掠《かす》れた声が耳元でたずねる。こんな色っぽい声、聞いたことがない。

「や……じゃない……」

「そうか、ならよかった」

「でも……恥ずかしい」

なんの面白みもない身体をさらしているが、果たして彼はこんな自分に欲情できるのだろうか。

そう思うと恥ずかしくなって、両手で顔を覆う。

だがその手はすぐに外され、抵抗する間もなく口づけられた。

「ここは私と玻璃の二人だけなのだから、恥ずかしいことなんかない。それに……これから二人でもっと恥ずかしいことをするんだからね。覚悟して？」

スヴェンのきれいな形の唇から、意地悪な言葉がスラスラ出てくる。

「スヴェンって意地悪だったんだ」

「嫌いになった？」

青い瞳がじっと見つめてくる。

嫌いになるわけがないことは、スヴェンが一番わかっているはずだ。ちょっぴり意地悪なことを言われても、心臓がドキドキと高鳴るだけなのに。

「ううん、大好き」

「私もだ、玻璃」

熱っぽい視線で見つめられ、身体が重ねられた。

どこまでもやさしく、けっして玻璃が不安にならないようにゆっくりと。

耳朶《じだ》を噛まれ、彼の手のひらが肌の上をゆっくりと撫でるように行き来する。撫でられた場所に彼の体温が染み、唇が玻璃の乳首をやわらかく食《は》んで、小さく痺れるような疼きを与えてくる。スヴェンの指と唇に翻弄され、玻璃はゆるやかに身体の熱を上昇させていった。

「…………ん、っ」

弄《いじ》られているうちに、小さく浮き上がるように尖りだした場所はひどく敏感になっていて、ほんのわずかな刺激でさえ玻璃に甘い声を上げさせる。

その自分の声が恥ずかしくて、玻璃は思わず指を噛んでこらえようとした。

「そんなふうにしているのも可愛いけれどね、でもこれはいけないな。私はきみの可愛らしい声をもっと聞きたいのに」

そう言いながら彼は玻璃の指を口から外し、そのまま口の中に含むと、舌でなまめかしく愛撫《あいぶ》する。指ではない別の場所への愛撫にも思えるその光景がひどくいやらしくて、身体の奥に淫らな熱が沸いた。

玻璃の下肢に起こった反応にスヴェンが気づいたのか、その長い指先が玻璃の腰骨から脚の間を探るようになぞる。するりと伸ばされた彼の手が、玻璃の中心で既に形を変えている場所に触れ、その淫らな指の動きと快感に皮膚が粟立《あわだ》つ。

「玻璃のここはとても形がいい。……ああ、もう甘い蜜がこぼれているね」

そんないやらしい言葉を吐かれ、玻璃のその場所を手のひらで包んだ。そうしてこぼしていた蜜ごとそこをさすられ、そのぬるりとした生々しい感覚に動揺する。

玻璃が恥ずかしさから慌てて膝を閉じようとするが、あっさりスヴェンに摑まれてしまう。

「――もっと見せて？　玻璃の可愛いところを全部」

唆《そそのか》すように言われるが、羞恥心にいっぱいで、理性は限界を迎えていた。

「でも……俺だけ……こんな格好……」

自分だけすべてをさらしているのに、となにも脱いでいないスヴェンを恨みがましい目で見る。

「ごめんね。きみにすっかり夢中で、置いてけぼりにしてしまった。不公平だったかな」

玻璃の頬に小さくキスを落とし、スヴェンも服を脱ぎ捨てた。一糸まとわぬ姿のスヴェンの身体は彫像のようにとても美しい。引き締まった筋肉がきれいについていて、玻璃は思わず見とれてしまう。

そしてスヴェンの下肢には、自分とは形も大きさも色すらまったく異なるものが、玻璃と同じようにあやしく濡れて屹立《きつりつ》していた。

「あ……」

スヴェンも玻璃に興奮しているのだ。

その事実と、あれが自分の中に入るという想像に、思わずぶるりと震えた。

あの大きなものが果たして収まるのだろうか。

「どうしたの、玻璃。怖くなった？」

玻璃の不安げな表情を見て、スヴェンが尋ねる。

彼のその顔もまた不安そうで、今まで彼のそんな顔を見たことがなく、玻璃ははっとする。自分がこんな顔をさせていると思うと、玻璃はスヴェンに抱きついて自分から彼にキスをした。

身体を重ねたからといって、なにもかもつながるわけではない。でも、もっと彼を知るには……もっと彼を近くに感じるためには——彼のすべてを知りたい。

「……して……。俺に全部、教えて……」

スヴェンがどうやって愛するのか、なにもかも全部。

言ってスヴェンの首に手を回した。

「いいよ、全部教えてあげる」

色めいた微笑みを浮かべた男は玻璃のほっそりとした脚へ手を滑らせた。

そっと脚を割り広げられたと思うと、あろうことかスヴェンの頭は玻璃の股間に埋められた。そして玻璃の屹立した場所に舌を這《は》わせてくる。

「や、っ……やだ……っ、アッ、やだ……やだ……そんなとこ……っ」

抵抗しようとするが、あまりの気持ちよさに力が入らず、柔らかなスヴェンの髪の毛をかき混ぜるだけしかできなかった。

教えてあげると言うだけあり、スヴェンは玻璃の身体をあっという間に快感で染めた。

　指と舌で巧みに愛撫され、中心に血液が集まって脈を打つ。鈴口をこじ開けるように爪を立てられればもう我慢ができなかった。

「やっ、やだ……っ、出るから……っ」

「いいよ、出して」

「でも……っ」

　このままでは、スヴェンの手を汚してしまう。どうしよう、と玻璃は逃れようとするが、スヴェンにがっちりと腰を抱えられて動けない。

　イヤイヤをするように頭を振っていると、スヴェンの手がひときわ強くそこをこすり上げた。

「ん――――っ、あ、あ……ぁ……っ」

　ひときわ強い刺激に、玻璃は喉を反らせ甘い声を上げながら白いものを吐き出す。

　彼の手を汚してしまった、とスヴェンのほうを見ると、あろうことか彼は玻璃の出したそれがたっぷりとついた指を舐《な》めている。

「ス、スヴェン……！　なにをして……」

　すると彼は見せつけるように、さらにゆっくりと指をしゃぶった。

「玻璃の味を確かめているだけ」

「信じられない……」

「可愛い子には意地悪をしたくなるんだよ？　それに玻璃のもの、すごく甘くてたまらない」

　ぬけぬけと言うと、スヴェンが首筋に吸い付いてくる。

　反論できないのは、そんな淫らな意地悪をされても好きで好きでたまらないから。甘い甘い意地悪はこの後もきっと続くのだろう。密かにそれを期待してもいる自分に玻璃は気づき、好き、と彼に囁いた。

「困ったな、骨抜きにされそうだ」

　スヴェンは苦笑し、身体の中でキスされていないところはないと言わんばかりにキスを与えられた。

足の指を一本一本まで舐められて声を上げ、こんなところにまで性感帯があることを知る。

　快感で身体中がぐずぐずになっている。

　こんなふうに自分の身体が誰かの手で熱く火照ることも、そしてその熱を貪欲に欲しがるようになることも……考えたことはなかった。

「玻璃は乳首が好きなんだね」

　そんなことを言いながら、スヴェンは玻璃の乳首へ愛撫を仕掛ける。

　舌で転がされ、甘く噛まれて吸われる。神経の束がそこだけに集まったかのように、ひどく敏感だ。赤く淫らに尖り、息が吹きかかっただけで感じるのに、もっと触ってほしくなる。

　乳輪だけを舌で舐められるのは物足りなくて、胸を突き出すと「どうしてほしい？」と意地悪く耳元で囁かれる。

「も……やだ……やだ……ここ……」

　もどかしい刺激に耐えられず、いやいやと首を横に振る。自分で触ろうとすると止められ、

「してほしいことをちゃんと言って？」

　そんなふうにスヴェンに唆される。

「さ……わって……」

「ん？　触ってほしいの？」

　こくこくと頷くが、彼は「どこを触ってほしい？」とわかりきったことをさらに尋ねた。もう我慢できない。理性はほとんど消え、ただ素直に懇願する。

「ちく……び、触って、お願い」

　言いながらこの手で触ってと、彼の手を自分の胸にあてがった。

「ん……いい子だ」

　スヴェンはうっとりと笑むと、玻璃の乳首をきつく捻り上げ、唇で甘く噛んだ。

「あっ……ぁ……あっ、ん……んっ」

　強い刺激に、これまで以上の嬌声《きょうせい》が漏れた。

乳首を弄られているのに、つま先まで痺れる。スヴェンが舐めるたび、どうしようもない快感が身体中を駆け抜け、甘い声を上げ続けた。

やがてスヴェンの手が背中を伝って、後ろのきつく窄《すぼ》まっている後孔に指が触れた。ゆっくりとその場所をまるく撫でられ、ぞわぞわとした快感が背筋を走る。

「力を抜いているんだよ」

サイドテーブルの引き出しから彼は香油を取り出し、それでたっぷりと指を濡らした。その指が玻璃の閉じた蕾《つぼみ》にめり込んでくる。差し入れられた指でゆっくりと奥を探られていると、次第に違和感に呼吸が浅くなり、唇を噛む。

「………っ、……んっ」

ぎゅっと眉を寄せて、声をかみ殺しているとキスが落ちてくる。

「我慢しないでいい。大丈夫だから。息を吐いて」

スヴェンはけっして無理はしなかった。少しでも玻璃が苦しいとわかると、それ以上の無理は強いない。ゆっくりゆっくりとそこを丹念に解した。いつまでそうしていたのか、自分の声の色が徐々に変わりはじめたのに、玻璃は気づいた。

「あ……ぁ、……あ……」

それを確かめるように、中の指が増やされてゆく。解された場所から、疼くような知らない感覚が広がっていった。ゆるゆると知らずに腰が動き、もどかしい刺激にじわりと身体の熱が上がる。

そしてスヴェンの指がある場所を捉えると、まるで電流でも走ったかのような刺激が身体を駆け抜けた。

「や……あッ、あっ……ん……っ」

長い指が何度もその敏感な内壁を抉《えぐ》る。それはあまりにも強烈で、どうにかなってしまいそうだ。媚薬《びやく》なんかなくても、これだけ感じるのだ。大好きな人とつながることができるというだけで、身体中がどこもかしこも、つま先の果てまで感じてしまう。

快感が波のように押し寄せ、無意識に腰が揺れる。あられもない声が止まらなくなり、両手でシーツを引き寄せた。

「あ……んっ、……あ、いや……あ、ああっ……」

とても自分の身体とは思えなかった。これまでなぜみんな身体をつなげることにこだわり、溺れていくのか、と不思議でならなかった。でも――。

こんなに自分の身体が貪欲だったなんて。

玻璃は恥ずかしくて、どうしようもなくて気づけば泣きじゃくっていた。

「ごめんね。ちょっと意地悪が過ぎたかな」

唇にやさしいキスを落とされ、空いた手で髪の毛をやさしくかき混ぜられる。

「でも、これからもっといじめちゃうけど」

入れるよ、と低い声で耳許に囁かれると、そこを抉っていた指が引き抜かれた。急に今まで中に入っていた感触が消えて、心許《もと》なくなる。が、すぐさま熱く硬いものがあてがわれた。

「ひ……っ、……あ、あ」

「私のかたちを覚えて」

間髪を容れず、スヴェンのものが中に沈んでいく。いくら丹念に解されたとはいえ、さすがに指とは質量感がまったく異なる。いつ終わるともわからない、未知の部分を押し開かれる感覚は苦しくあるものの、それを超える充足感を玻璃に与えた。襞《ひだ》がいっぱいに広がって、みっちりと中が埋まっていく。

「……ンっ、……あぁ……っ、あっ、あっ」

ゆっくりとあやされてその熱いものを収めたときには、顔中が涙でぐちゃぐちゃになっていた。

「ごめんね。痛かった？」

気遣うスヴェンの顔は、悩ましい表情と汗でこれまでにない色気にあふれていた。玻璃は首を振った。ひきつれている痛みは確かにあるが、耐えられないほどではない。それよりも自分の中に彼がいて、自分の中で息づいている、それが泣きたくなるほどうれしい。

「へ、……いきだから……、だからもう……」

すべて欲しい、全部、なにもかも。

「……ちょうだい」

そう強請《ねだ》った。すると、ふ、とスヴェンが息を吐く。こんな浅ましいことを言って、呆れられただろうか。不安になり、おずおずと彼の顔を見上げた。

「……まったく。……どうしようか。こんなに可愛いなんて。もう帰りたいって言っても手放さないからね」

情欲の滲んだ掠れた声で、そう言うなり、スヴェンは玻璃の腰を抱え揺すり出した。入り込んでいる熱は引き出され、また押し込まれる。はじめ緩かった突き上げは次第に深く、激しくなっていく。

「……あ、あ……っ、……あっ、……んっ」

軋むベッドの上で、律動を刻まれる。スヴェンのものに慣れたそこを、ぐちゅぐちゅとかき回すように動かされ、その音に耳まで犯されているかのようだった。

スヴェンの背に縋り付き、甘く痺れた身体を揺さぶられる。喘《あえ》いでさらした喉に、まるで喉笛に噛みつかれるように口づけられ、一息に仕留められてしまったと錯覚する。身体中どこもかしこも熱くて、神経が焼き切られてしまうと錯覚するくらい。

「玻璃……」

可愛くてたまらない、というように耳朶を小さく噛まれ、囁かれる。

「愛してる……愛してる、玻璃」

いつも穏やかな彼が剥きだしにする雄の顔に玻璃はぞくりとする。

その彼が泣きそうなくらいに切ない声で玻璃の名前を呼び続け、その声に、どれほど彼が自分のことを思ってくれていたのか玻璃は思い知る。

　感じやすい場所をこすられて、粘膜の境界がなくなってしまうと思うほど、熱く蕩《とろ》ける感覚に酔いしれた。

　際限なく、どこまでも上がってゆく温度に身体をどろどろに融かされる。どうしようもないほどの愉楽に溺れて、玻璃は狂おしいほどに甘い声を上げた。

「や、あぁ、……っ」

　いい？　と問われる声にスヴェンの背に爪を立てることで答える。理性はとうにどこかへ飛んでゆき、ただ快感に喘ぐだけだった。

　両脚を抱え上げられ、つき上げられた尻を串刺しにされる。

「あ……あぁっ……あ……ん……」

　スヴェンも激しく打ち付けてきた。腰骨を摑まれ、更に奥を抉られる。たまらない快感に泣きじゃくってしまう。身体の中で渦を巻くような、際限のない熱に浮かされながら、譫言《うわごと》のように何度もスヴェンの名を呟き……そして何度目かに呼んだときに嚙みつくようなキスをされ、玻璃は縋り付くようにその舌へ吸い付いた。

　激しくなる動きに、玻璃はスヴェンの背に爪を立て、肩口を嚙む。

　身体がぶつかり合う音と、同時に聞こえるぐちゅりという湿った音に煽《あお》られれば、中がぎゅっと締まる。すると中のスヴェンの形がはっきりとわかり、たまらなくなった。

「なか……っ、おっき……」

　玻璃がそう口にすると「狡《ずる》いな、玻璃は」とスヴェンが大きく息を吐いて、さらに奥へねじ込んでくる。

「――ひ……っ……ぁ……あ、あ……ぁ」

突き上げてはねじ込んで抉られ、ついに玻璃はスヴェンにしがみついて啜《すす》り泣いてしまった。

「ああっ！　……あ、あ、あ」

「玻璃……愛してる」

鼓膜に届く、痺れるようなスヴェンの甘い囁き。

どうしようもなく、この人が好きだ。

彼の美しさも強さも、ルウミを愛し守ろうとするその情熱も――時々見せる少年のような無邪気さも、なにもかも愛おしい。

この人だから……この人の側で生きていきたい。

そうしたら自分はもっと成長できるだろうか。本当の意味で自分らしく生きていけるだろうか。

「……スヴェン……スヴェン……好き……離さないで……」

玻璃の懇願に応えるようにスヴェンは強く首筋を吸い上げた。そこに残る痕が自分のものだと示すように。

「……離れないよ。私は。きみを生涯離すことはない……けっして」

誓うようなその言葉がうれしくて玻璃は思わず涙をこぼす。

「スヴェンは俺にとって……俺のただ一人の理想の王子様だ」

「うれしいよ、玻璃……私にとってもきみは唯一の恋人だ」

そう言いながらスヴェンは激しく腰を打ちつけ、玻璃を追い上げた。

激しい突き上げに玻璃の手は彷徨うようにスヴェンを求め、彼の背に回される。

身体ごとどこかへと持っていかれるような、そのどうしようもないくらいの快感に玻璃が身体を大きく反らせて喘げば、そこにスヴェンのものが深いところへ穿《うが》たれる。

ふわりと浮かぶような感覚を覚えたかと思うと、

つま先から身体が融けていく気がし、玻璃の意識はそこで途切れた。


目を覚ますと、玻璃は恋人にじっと見つめられていた。

「玻璃、おはよう」

スヴェンの言葉におずおずと身体を寄せる。

全裸で、こうしてくっついて体温を分け合っているのは、なんと心地よいのだろう。まだ先ほどまでの甘い睦《むつ》み合いによる気怠さを残したまま、満足げにスヴェンに身体を預ける。

こうして触れ合える喜びに、改めて幸せをかみしめる。もう離れたくない。例えなにがあっても、スヴェンと離れるなんて玻璃には考えられなかった。

「玻璃……きみがこうして私の側にいてくれて……すごく幸せだ。でも、玻璃を元の世界に帰したほうがいいのかもしれないと、今でも迷わないわけじゃない」

コツンと額をつけてきてスヴェンはそんなことを言う。

帰るな、と言われたとき、うれし涙をこぼしたことを思い出した。そして自分が側にいることが、スヴェンにとって幸せだと言ってもらえて……こんなにもうれしいことはない。

「スヴェン……俺はずっとあなたの側にいるから。俺があなたの側にいたいと思ったから俺はここにいることを決めたんだよ」

玻璃は手を伸ばし、スヴェンの首にその手を巻き付ける。するとスヴェンは玻璃の身体をきつく抱きしめた。

「——玻璃、後悔しないか？」

抱き込まれたまま、彼にそう聞かれる。

その問いに玻璃は大きく首を横に振った。

「しない。……だって、俺はスヴェンを愛しているから」

それにけっして元の世界へ帰るのを諦めたわけではない。

（元の世界との扉はまた開かれるはず……）

どういうきっかけで扉が開くのかはまだわからないが、月の光に深く影響しているというなら、きっとなにかの法則があるはずだ。それに魔石が破壊されたことで、リデルの力も順調に回復している。自分をここに呼び出した彼女の力があれば――コンスタントに元の世界とここを行き来できる可能性は大きい。

いつかそれが叶ったなら……そして戻れたなら真珠とスヴェンとを会わせたい。

（素敵なパートナーを見つけたわね、ハリィ。……って、真珠さんなら言ってくれるかな）

それまで真珠に寂しい思いをさせるかもしれないが、待っていてね、と玻璃は心の中で呟いた。

「玻璃……」

スヴェンがきっぱりと言い切った玻璃をじっと見つめる。

たぶん、玻璃が決めた答えの裏にある気持ちを彼は察してくれたのだろう。最後までスヴェンは玻璃の家族のことを気にかけてくれていた。

「……幸せにする。……玻璃の家族の分まで私がきみを幸せにするから。愛しているよ――玻璃」

誓うように彼はそう言って、玻璃の額にそっと口づける。

その口づけがひどくやさしくて、玻璃は泣きそうになった。

「さあ、もう一眠りしよう。まだ起きるには早い」

そろそろ日は高くなってきたというのに、スヴェンはまるで気づかないとばかりにそんなことを言う。

けれどさすがに激しく動いた疲れが残っていて、彼のぬくもりにくるまれていると、自然と瞼《まぶた》が落ちてくる。

「ゆっくりお休み、玻璃」

スヴェンは玻璃を抱き寄せ、そして玻璃は彼の胸の中にすっぽり収まると、幸せな眠りに落ちたのだった。

《エピローグ》

「そう、戻らないことに決めたのね」

リデルがわかったというように小さく頷いた。

スヴェンと相談し、玻璃はこれまでどおり、書庫の仕事を続けることにし、また王のはからいで宮中に住まわせてもらうことになったのだった。

魔石という存在はなくなったが、これから先もスヴェンの助けになるような仕事がしたい。そのためにも、玻璃はこれまで以上に仕事に身を入れるつもりだった。

「うん。……スヴェンの側ににいたいんだ。ずっと」

「そう言うと思っていたけれど……スヴェンのせいね。まったく仕方ない子よね、玻璃をたぶらかしちゃうなんて」

クスクスとリデルが笑う。

「リデル！」

拗ねたようにスヴェンがリデルの名前を呼び捨てる。けれど本当のことだから、反論もできないらしい。こうして見ていると、やはり姉弟なのだなと玻璃は二人のことを微笑ましく思った。

「まあ、いいんじゃないかしら。スヴェンに好きな人ができるなんていいことだわ」

おっとりとリデルはそう言うが、玻璃には気になっていることがひとつあった。それは――。

「あの、リデル。リデルの子は巫女になるんだよね」

「そうね」

「だったら……その……スヴェンの正妃とか……お世継ぎはどうなるの？」

ずっと自分の抱いていた不安を二人にすべて打ち明ける。

スヴェンは心から玻璃を愛していると言うが、まだそこだけが引っかかっていたのだ。

（スヴェンの大切な国なんだ。俺は……側室も覚悟してる）

　今はもう彼の気持ちを疑ってはいないし、玻璃も彼を愛していることに変わりない。

　だが、返ってきた答えは玻璃を安心させるものだった。

「そうね。本来はスヴェンが妃を娶《めと》って子をなす……ということになったのでしょうけど、玻璃と一緒になるならそれは無理だものね。ああ、でも心配ないの。アクセルがいますからね」

「アクセル？」

　突然出てきた名前に玻璃は虚を衝かれたように思わず聞き返す。

「実はアクセル、前王の血を引いているの。隠していてごめんなさい。けれど、これで心配いらないでしょう？」

「そうなんだ……」

　前王はそこそこの放蕩《ほうとう》者で、落とし胤《だね》はアクセルの他にもいるらしい。本来はスヴェン同様に王子であるアクセルなのだが、母親の身分はそれほど高くないのだという。王子になれば母親が後宮で苦労すると考え、王子として扱われることを拒み、自ら志願してスヴェン付きになっていたということだった。

　一気に不安の種が払拭し、玻璃の身体から力が抜けていった。そしてその様子を見ていたスヴェンが玻璃の肩を抱く。

「悩ませて悪かったね。はじめから言っておけばよかった。……でも、きみが私を好きになってくれるとは思ってなかったし……」

「ううん。取り越し苦労だったってわかってよかった」

「それに――」

　とスヴェンはリデルのほうを見る。

「この先、リデルに別の男の子が産まれる可能性もないわけじゃない」

「世継ぎなんてどうにでもなるものよ、玻璃。不都合があるなら、私たちがこれから変えていけばいいこと。それより、あなたはあなたの幸せを大切にして。なんと言ってもあの魔石を破壊した勇者様よ。スヴェンくらいのご褒美じゃ足りないくらいだわ」

リデルの言葉にスヴェンも微笑みながら頷いていた。

そのとき、部屋の扉を誰かがノックする。リデルが返事をすると、扉が大きく開いた。

「リデル様、お時間です」

ヨナスが姿を現した。これからリデルはヨナスを伴って、水晶洞窟へと向かうという。

彼らの婚礼は来月に決まり、二人ともとても幸せそうだ。特にヨナスは過保護すぎるほどリデルのことを気にかけ、どこに行くにも付き添っている。

「あら、もうそんな時間なのね。——玻璃、あなたも一緒に行きましょう」

突然の誘いに玻璃はきょとんとした顔をする。

「俺も？」

「ええ。あなたにご褒美をあげたいと思って」

リデルがにっこりと笑った。

「ご褒美……？」

褒美なら、これまでたくさんもらった。スヴェンのこともそうだし、宮中に残れるようになったことも、それから仕事を続けさせてもらうことも……。それ以外にまだあるというのだろうか。

「ええ。元の世界への扉ができていると言ったでしょう？　そこにね、あなたのその水晶——」

リデルが玻璃のペンダントを見ながらそう言いかける。

魔石との戦いで水晶は砕けてしまったが、残った欠片でペンダントを作り直してもらい、お守りにしている。

「この水晶がどうかした？」

　玻璃は小さくなってしまった水晶へ目を落とし、リデルに聞き返した。

　思えばこの水晶と出会ったことで、自分の人生は大きく変わった。美しく輝く水晶は玻璃にとってなくてはならないものとなっている。

「それにあなたの言葉と姿を収めて、真珠の元へ送ってあげましょう。今なら扉を通してそれができるわ。あなたがここで元気にしていると、真珠に知らせてあげたいの」

　リデルのその言葉に玻璃は大きく目を見開いた。

自分は元気だと伝えられるなら、きっと真珠も安心するだろう。

「ありがとう、リデル……！　すごくうれしい……！」

　玻璃は思わずリデルに飛びついて抱きしめると、リデルもやさしく抱きしめ返してくれる。まるで真珠に抱きしめられているようにも思えた。

「喜んでくれてよかったわ。――じゃあ、一緒に行きましょう」

　リデルの言葉に頷き、玻璃は彼女に同行することにした。もちろんスヴェンも一緒に。

　すっかり玻璃の相棒となったゾットへまたがると、騎乗したスヴェンがすっと隣につく。

「玻璃」

　声をかけられて、玻璃が振り向くと、スヴェンはそっと玻璃の手を取って、口づけた。

「改めて言うよ。玻璃、私と一緒に生きてほしい」

　請うようにそう言われ、玻璃はスヴェンに笑顔で応える。

「俺も、スヴェンがもう嫌だって言っても、側にいるからね」

　玻璃の返答にスヴェンは美しい微笑みを浮かべる。

そして二人で微笑み合いながら、馬を走らせはじめた。

　目も覚めるようなすっきりと晴れ渡る青い空の下、緑豊かな大地を駆け抜ける。

　二人の行く先を太陽が照らしていく。それはまるで、二人の幸せで明るい未来を予感させるようでもあった。

私のかわいい水晶

目の前に広がるのは、一面の銀世界。白一色に染められたその景色だけでも絶景だが、玻璃《はり》が息を呑んで見とれているのはまた違う景色だった。

くっきりとした稜線《りょうせん》を描いている山々が透き通った湖に映りこみ、それを彩るように湖面が太陽の光を浴びてキラキラと光って眩しい。それはまるで宝石の国にでも来たような、幻想的な景色である。

「すご……」

それ以上、言葉が出ないほどの美しい景色に見入っている。そんな玻璃の肩をスヴェンは抱いた。

「ずっとここに玻璃を連れてこようと思っていたんだ。やっとそれが叶ってうれしいよ」

「ありがとう、スヴェン。すごくうれしい」

そう言って玻璃はスヴェンに微笑む。しかし、やはり美しい景色をもっと見ていたいのか、うっとりと感嘆の息をつきながら、玻璃はいつまでも山や池の景色を見つめ続ける。そんな彼をスヴェンは目を細めて見つめていた。

「気に入ってくれた？」

玻璃の頬《ほお》に小さくキスを落としながら聞くと、彼ははにかんだように微笑みながら頷いた。どうやらこうした恋人同士のスキンシップに彼はまだ慣れないらしく、いつも照れ臭そうにするのだ。けれど、そんな仕草も初々しくてスヴェンにはとても好ましい。

「もっと早くに時間を作る予定だったんだが……遅くなってすまなかったね」

魔石を破壊した後、スヴェンのみならず、誰もが魔石による被害の事後処理などに追われ、休む間もないほどだった。それは玻璃も同様で、書庫の整理の合間に状況把握に努め、被害状況をまとめるなどで、スヴェンの手助けをしてくれたのだ。その甲斐もあってか、ようやく数日前に、一番被害の大きかった街の目処もたち、ようやく一息つけるようになったのである。

そこでスヴェンは玻璃と休暇を取って、玻璃を湖のほとりにある離宮へと連れ出したのだ。

これまで、城の外に出るというのは澱《よど》んだ悪意の塊《かたまり》が変化した瘴気に立ち向かうためで、こうしてゆっくりと自然だけを楽しむことはほとんどなかったから。

ここは四季折々の景色が美しく、幼い頃からのスヴェンのお気に入りの場所であった。それだけでなく、母である王妃が愛し、静養場所に選んだところでもある。

自分の好きなものを玻璃にも好きになってもらえたらと、相談をせずに決めたのだが、どうやら彼はここを気に入ってくれたようだ。

普段、あまり感情を表に出さない玻璃だが、景色を見るなりきれいな瞳をキラキラと輝かせていた。

それに、少し興奮しているのだろう、色白の頬には薄紅がさしている。その顔がとても可愛《かわい》らしく……そして独特の色気をまとわせていた。

「ううん、こうしてスヴェンが俺のために時間を作ってくれたことだけで十分だから。——ねえ、あの山がルーマン……で合ってる？　左右対称の稜線の山だから、そうだよね？」

「ああ、そうだ。あれがルーマン。その隣の細く尖った山頂の山がイェルミーだ。それにしてもよくわかったね」

「少しは勉強の成果があったってことかな」

ふふっ、と玻璃は満足そうに微笑む。

「玻璃は勉強家だからな」

「それほどでもないと思うけど、勉強するのは好きだよ」

玻璃が日々、ルウミの国について勉強しているのはスヴェンもよく知っていた。地理や歴史、そして文化に至るまで彼はなにもかも吸収しようとしている。あまり根を詰めすぎないでほしいと思っているのだが、彼は学ぶことが好きらしく、いつも書庫から借りてきたという分厚い本を読んでいる。

「ほんと……きれい。――俺の国にもね、あのルーマンそっくりの山があってね、富士山っていうんだけど、ルウミの人たちがルーマンを好きなように、俺の国の人たちもみんな富士山が好きなんだ。なんだか……懐かしい気分」

そう言った彼の目に、寂しさのような色が浮かんでいるのが見えたのはたぶん気のせいではない。

――ここに……ずっといていいかな。

彼がルウミに……自分の側にいたいと言ってくれたときの彼のことを思い出していた。

自分の元いた世界を離れ、彼にとっては異世界であるここに残る決心をするまで、きっととても悩んだはずだ。

おそらく、彼の育ての親ともいえる叔母の真珠《まじゅ》と離れるのは、身を切られるほどの心の痛みを覚えたに違いない。それでも彼はここを――自分を選んでくれた。

真珠には玻璃の声と姿を封じた水晶を送ってはいるが、向こうの様子は玻璃にはわからない。リデルの力がもう少し戻ったら、姿を見ることくらいはできるかもしれないが、玻璃に寂しい思いをさせるのには変わりなかった。

「――スヴェン、どうかしたの」

玻璃をじっと見つめていたことに彼は気づいたらしい。スヴェンの顔を覗き込む。

「いや、玻璃は可愛いなと思ってね。この景色と同じようにいつまでも見ていられる」

そう言うと、玻璃は顔を赤くする。

「スヴェンは俺のことを可愛いって言いすぎ」

つん、とそっぽを向くのは照れ隠しなのが、スヴェンはもう知っている。こういうところもとても可愛いと思うのだから、自分は随分と彼に溺れているのだろう。

「それより、ヨナスが近衛の任を解かれるって本当？」

　そうだ、と思い出したように玻璃が言った。

「ああ。やはりリデルとのことがあるのでね、このたびの功績を踏まえて領地を与えることに陛下がお決めになったんだ。小さな城だがとても気候のいいところだし、リデルと生まれてくる子が暮らすにはいいだろうとね」

「そうなんだ……！　じゃあ、ヨナスは領主様になるんだね」

「そういうことだ。そしてアクセルが近衛団長というわけだが、今から張り切っているよ。新しい近衛を自ら選ぶと鼻息が荒い」

「わかるような気がする。スヴェンと陛下のために、ってね。アクセルらしいな」

　クスクスと笑いながら玻璃が言う。

　その顔を見ながら、とても変わった、とスヴェンはルウミにやってきてすぐの玻璃を思い出す。

　当時の玻璃は自分たちに対して積極的に心を開くことはなく、なにもかも自分の中に溜《た》め込むようなところがあった。そんな玻璃が徐々に心を開いて、懐いてくるのがとても可愛かったのだが、たぶん、スヴェンの想像以上に、あの頃の玻璃のストレスは大きかったと考える。

　アクセルとの不調和な関係もストレスの中に含まれていたらしいが、今では親友ともいえるほど仲がいい。

　それは玻璃が皆に心を開いて、頼ったり頼られたりするようになり、そして――。

　――俺だってあなたを守りたい……！

　魔石と対峙したあのとき、そう言った玻璃の目は強い力をたたえていた。

　まるで雛鳥《ひなどり》が美しい成鳥になるのをこの目で見るように、そのときの玻璃はとても美しく、あの戦いのさなか思わず見とれてしまいそうになっていた。

（本当に、まぶしいくらいきれいになった）

　なんともいえない熱いものがスヴェンの胸のうちをいっぱいにする。

　今は恋人として……そして生涯の伴侶として玻璃はスヴェンにとってなくてはならない存在となっていた。

「スヴェン、俺ね。小さい頃から、ずっと夢を見ていて、それがルウミの風景で……俺はもしかしたら、リデルが呼ばなくても、ここに来る運命だったのかなって」

　玻璃が幼い頃から見ていたという夢の話をした。

　繰り返し見ていた夢の声が、リデルの声によく似ていたというところにスヴェンは興味を持つ。

「なるほど。ねえ、玻璃。こうは考えられないか。玻璃のご先祖にもしかしたらルウミの者がいたのかもしれないし、そのご先祖は王家に関わりのあった者だったのかもしれない。リデルに声が似ていたというなら、その声の主は私の先祖という可能性もあるだろう？」

　スヴェンがそう言うと、玻璃は納得したように頷いた。

「きみがこうしてここにやってこられるくらいだし、フェルテの水晶がきみの世界に飛んでいっているのは事実だ。だったら、ご先祖がきみの世界に行っていてもおかしくはない」

「そうかも。俺のひいおばあちゃんも、俺と同じように石のことがわかったみたいだし、きっと俺の先祖にはルウミの血を引く人がいたのかも」

　そう言いながら、玻璃は改めてあたりをじっくりと見回していた。

冬の日は短い。

さっきまで明るかったと思っていたのに、あっという間に夕景が湖に映り込んでいる。夕日と暮れゆく空のグラデーションがなんともいえず、幻想的だ。美しさに圧倒される。

やがて夕日が山と山の間に落ちていく。

スヴェンと二人、言葉もなく星が増えていくのを見つめていた。やがて、あたりがり深い藍色に染まった頃、空は満天の星に覆われた。

「あ……流れ星」

空が澄み、そして星のきらめきを邪魔するようなものもないルウミでは、星はひとつひとつがそれこそ宝石のように輝いている。

その中で玻璃は星が流れていくのを見つけた。

「俺のいた世界ではね、流れ星が流れている間に願い事を三回唱えるとその願いが叶うって言われていてね」

「それはとてもロマンチックだね」

「でしょ——あ、また流れた」

こんなにくっきりと星が流れているのを見るのははじめてだ。

そう思っていると、次々に星が流れていく。

「ほら、玻璃、願い事をしないと」

「こんなにたくさん流れていたら、願いがたくさん叶うかな」

「どんな願い事にする？」

「やっぱりまずは魔石をやっつけることと、それからリデルを無事にあの水晶から解放すること」

「あとは？」

スヴェンにじっと見つめられる。

「あとは…………スヴェンと一緒にいたい。——スヴェンは？」

「私も玻璃といたい」

空の星はまだまだ流れていたが、二人とももう見てはいなかった。ただ黙って、互いを見つめ合っている。

　スヴェンが玻璃の手を強く握り、身体を近づけてきた。顔が次第に寄せられてきて、玻璃は自然に眼を閉じる。

　唇が触れ合った。

　重なり合った二人の影は長いこと動かなかった。


「私がここを好きな理由は景色だけじゃなくてね」

　スヴェンが食卓に並んだ皿の数々を見ながらそう言った。

　料理長がスヴェンと玻璃のために腕によりをかけてこしらえてくれたご馳走に、玻璃も大きく目を見開いている。それほど豪勢な料理が食卓にところ狭しと置かれていたのだ。

「料理長の腕は確かだよ。どれを食べても今まではずれたことがない。だから皆ここに来るのが楽しみでね。偏食なリデルも、ここの食事だけは残したことがなかったんだ」

「リデルは好き嫌いが多いって聞いたけど、本当だったんだ……」

　意外だとばかりに、玻璃はさらに目を丸くする。

「そうそう。じきに母親になるから、最近はだいぶ我慢して嫌いなものも食べるようにしているらしいけど、リデルにベタ惚《ぼ》れのヨナスも、さすがにもっと食べろと言ったらしいよ。特にニンジンが嫌いでね。ニンジンが少しでも入っているものは、一切口にしないんだ」

「へえ……でも、そんな話を聞くと、なんだかリデルにもっと親近感持っちゃうな」

　そんな他愛もない話をしながら、用意してくれた食事に手をつける。

　こんなに食べられるかな、と言っていた玻璃も、鹿肉のパイやローストした鶏肉をショウガとコショウで味をつけ、それをビネガーと蜂蜜で煮込んだ料理、そしてデザートのスパイスがきいたたくさんのナッツが入ったケーキまで、ぺろりと平らげてしまっていた。スヴェンはそれらに加えて好物の白身魚のクリーム煮をおかわりし、その食べっぷりを玻璃に驚かれてしまったが。

「すごいね」

「そうかな？　でも、玻璃と一緒だと思うと食事が格別美味しくなるから、いつもよりよけいに食べてしまったかもしれないな。なにしろ昨日までは、むさくるしいおじさんたちと顔を突き合わせていたのだからね。食欲も失せる」

　げんなりしたように眉を顰める。

「そんなに嫌な顔をしなくても」

　玻璃がおかしそうに笑う。

　だが、今話したことは誇張でもなんでもなく事実だ。

　被害調査と復興指示のため、半月ほど城を留守にしていた。その間、玻璃の顔を見られず寂しい思いをしていたのだから。

　とはいえ、天候にも恵まれたおかげで仕事は滞りなく進み、予定よりもいくらか早く帰途につくことができたのだが、それというのも同行していたアクセルが目を丸くするくらい、スヴェンは脇目もふらず、ひたすら仕事に没頭していたせいだ。

「玻璃がいないほうが仕事が進むんじゃないですか」

　そうアクセルに言われたが、玻璃もいないし、やることがないのと早く玻璃の元に帰りたくて仕事に没頭するしかなかっただけなのである。

　一刻も早く城に戻りたい、と思いながら馬を走らせることは、玻璃と出会う前にはなかったことだ。

　エトリオン城はスヴェンの住まいではあるが、それ以上ではなかった。

　だが今は違う。

　城には玻璃がいる。そう思うだけで、一秒も無駄にできないと思ってしまうのだ。

　アクセルも幾分呆れるくらい、調査の間中スヴェンは溜め息ばかりだったらしく、帰り道で城が見えてきたとたん彼に「ようやくスヴェン様の溜め息を聞かずにすみます」と嫌みのように言われてしまった。

　確かに、城で玻璃の姿を見つけたときには、思わず彼を抱きしめるために駆け寄ってしまったのだが、それほどスヴェンは恋人を愛しく思っていた。


　いつからこの子中心に自分の世界が回っていたのか。

　スヴェンは玻璃のしなやかな背中に手を回しながらそう思った。

　久しぶりに玻璃の肌に触れる。

　食事の後、湯浴みを終えた彼は凄絶に色めいていた。それを見た瞬間、彼を求めてやまない思いと熱があふれてくる。

　それは玻璃も同じだったようで、寝台に重なり合うように倒れた瞬間から、抑えきれないというように彼のほうから口づけを求めてきた。

　閨《ねや》をともにするようになってから、二人でいるときには少しずつ大胆になってきたが、こんなに可愛らしいおねだりははじめてかもしれない。

「ときどき……きみを閉じ込めたくなるよ、玻璃」

　長い口づけの後、スヴェンは玻璃の寝間着を脱がせにかかる。開けた胸元へ唇を触れさせると、彼は興奮した息を漏らし、それがひどく色っぽい。

　スヴェンは指を玻璃の首筋から胸元へと伝うよう

に動かし、乳首の周りをくるくると撫《な》でまわした。だが、けっして乳首には触れないように。

「……ん……スヴェン……そこばっか……も、……」

　途切れ途切れの声が、ますますスヴェンを煽《あお》った。敏感な身体はどこを触っても素直に反応するが、スヴェン焦らしているせいか、責めるように切ない目でじっと見つめてくる。

「そこばっかり、ってどこ？　乳首？　背中？」

「意地悪……っ、も……違うとこ……触っ……て……」

　泣きそうな声で喘ぎを漏らし、玻璃はもどかしそうにガクガクと身体を揺らす。

　けれど、スヴェンはまだ玻璃の触れて欲しいところには指を伸ばさなかった。

「私のことだけしか考えられないようにしたい……きみがもっと……もっと私に溺れればいいのに」

　随分勝手なことを言っていると自分でも思うが、これは本心だ。

　玻璃が城の者たちと打ち解け愛されるようになるうち、うれしいと思う反面、この可愛らしい人は自分のものだと主張して回りたくなる。最近は父であるスタファン王に頻繁《ひんぱん》にお茶に呼ばれて、話相手にもなっているという。さすがに国王相手に悋気《りんき》するわけにはいかないから、ぐっと堪えてはいるが。

　相変わらず、指は乳輪のあたりで止まっている。一番触れてほしい感じる場所を無視されているせいか、玻璃は切なげに身体を捩《よじ》っていた。

「おねだりの仕方をこの前教えたでしょう？　触って欲しい場所をちゃんと言わなくちゃいけないよ」

　そうは言っても、まだ玻璃にはハードルが高いだろう。快楽に夢中になり、我を忘れている間に、意識しないままねだることはあった。だが、今はまだ玻璃の理性も働いている。

「ちゃんと言わないといつまでもこのままだよ、玻璃」

　さすがに我慢の限界なのか、「乳首……」と玻璃は口にした。

「乳首がどうしたの？」

　間髪を入れず、スヴェンが聞く。

「舐《な》めて……弄《いじ》って……お願い……スヴェン……お願い……」

　いやらしい言葉が彼の口からこぼれるのを聞いて、スヴェンの神経が焼き切れそうになる。

　スヴェン、と玻璃が呼ぶ声と同時に、スヴェンは玻璃の乳首に舌を絡みつかせて転がす。またもう片方の乳首を指先で転がした。

「あ……ぁ……ああ……ん……っ」

　玻璃の指先はシーツを掻《か》き、与えられる待ちわびた甘美な快感に声を上げる。

　丸く硬くなっている乳首にスヴェンの指が触れると、玻璃は喘ぐような吐息を洩《も》らす。半開きの唇から零れる掠れた吐息に、スヴェンの身体がまた熱くなる。さらに指先に力を入れて、捻るように揉んだ。

「……ぁ……っ、……ん……っ」

　乳首を舌先で突くと、甘い喘ぎが鼓膜を犯す。スヴェンは夢中になって、ぴちゃぴちゃと艶めかしい音を立てながら唇や舌を淫らに蠢《うごめ》かせた。

「スヴェン……スヴェン……」

　玻璃も堪らないというように、スヴェンにしがみつき、自分の胸を舐めるスヴェンの背中を何度も撫で回す。スヴェンは煽られるように、我を忘れて玻璃の身体を貪るように愛撫《あいぶ》する。

　玻璃のものは勃《た》ち上がりはじめ、透明の蜜を滲《にじ》ませていた。

　蜜があふれた口がぱくぱくと動いているという淫《いん》猥《わい》な眺めに、じんとスヴェンの下肢が疼《うず》く。

「スヴェン……スヴェン……ここも……触って……」

玻璃は硬くなっているペニスに手を添えた。おねだりをしたらご褒美が待っているというのを、玻璃は学習している。

「いいよ。……本当に玻璃は覚えがいい」

ペニスの先をスヴェンの乾いた指が触れた。好きな場所、感じる場所、彼がそれを口にすれば、望んだままにスヴェンは快感を与えるのだから。

「ん……、あ……ぁっ……」

スヴェンに扱かれるだけで、たちまち玻璃のものは張りつめた。擦《す》る音が少し湿り気を帯び出したのは、先走りの蜜のせいだろう。

乳首への愛撫とペニスへの愛撫で玻璃は腰をゆらゆらと揺らめかせ、シーツを掻き寄せた。

「あ、あぁ……っ、……ん……っ」

熱い息を吐きながら、玻璃はスヴェンの名を呼ぶ。スヴェンは玻璃の身体じゅうに口づけながら、寝台の横に置いていた香油の瓶を手にすると、たっぷりとその中身を手になじませた。

そうして玻璃の下肢へ手を伸ばす。

窄まったところをぐるりと指で撫でると、ひくりと玻璃の身体が揺れた。香油で濡れているそこに、ぐっ、とスヴェンは指を差し込む。

「——あっ、あっ……あ……っ」

指を入れた瞬間、玻璃は腰を戦慄《わなな》かせた。玻璃の中は熱く、うねうねと指にまといつく。

はじめ浅く動かしていたが、玻璃の中が蕩《とろ》けて開いてゆくのを感じて、次第に深く抉《えぐ》るように動かしはじめる。ぬくぬくと柔らかくなってきたそこを指で弄っているうちに、コリ、とした感触を覚える場所に行き当たった。

「——アッ、ああ…ッ、——っ」

玻璃の身体が小さく跳ねる。きゅっと中が締まり、前から蜜がこぼれ落ちる。

「……ここが玻璃の好きなところだよね」

そこが玻璃のいいところなのだ。そう思いながら執拗《しつよう》にその場所をまさぐると、玻璃は上擦った声を上げた。

「あ、あ、……っ、そ、こ、……っ」

「好きでしょう？　もっとする？」

「……んっ、あ、……い、いい……そこ、……ん……ぁ」

彼は乱れて、声は興奮に掠れている。だんだんとスヴェンも指の本数を増やし、そして大胆に動かした。玻璃が腰を揺らすたび、彼の反り返っているものがふるふると震える。その淫らな光景にスヴェンはくらくらとする。

「あ、あ、指、……っ、ゆ、び……、も、やめ……ッ」

「やめる？　指、抜いていいの？」

「ちが……っ、抱いて……。中に入れて……繋がりたい」

抱いて、と玻璃は懇願する。切なくねだるその顔をずっと見ていたいような気もしたが、スヴェンも限界だった。

「はや……、おねが……っ」

玻璃がスヴェンに縋《すが》り付く。

「随分とおねだりがうまくなったね、玻璃。……そんな可愛い顔でねだられたらあげないわけにはいかないけど――」

スヴェンは横になると、玻璃の身体を自分の上に乗せた。

「いい子だ、玻璃……自分で私の中に入っておいで」

「え……やだ……スヴェン……」

いきなりのことに玻璃は戸惑っているのか、いやいやと首を振っていた。

「私が欲しいんでしょう？」

玻璃の腰へ手を回し、後ろを再びまさぐる。すると玻璃は小さく声を上げた。

「おいで」

唆《そそのか》すように玻璃の手を自分のものに触れさせる。すっかり硬くなっているそれに触れた玻璃の喉がごくりと鳴った。

玻璃は観念したように膝を使って腰を浮かせると、おずおずと彼は奥へとスヴェンのものを導く。奥までスヴェンをおさめきったときには、その充足感からか大きく喘ぎを漏らした。

そんな玻璃の腰をスヴェンはしっかりと抱きかかえ、繋がっている場所を見つめる。

襞《ひだ》がめいっぱい広げられた場所はひくひくと蠢いていて、スヴェンの情欲をかき立て興奮させる。それが証拠に、玻璃の中で自分のものが大きく膨れ上がっているのを感じる。スヴェンはゆるりと腰を動かした。

「……あ……ぁ……」

動けば、ぐちゅりと後ろに塗られた香油の濡れた音がする。

「あ……ぁ……ん……っ、……ぁ……」

スヴェンの身体の上で玻璃の腰が揺れはじめた。いやらしく身を捩り、切なげに喘いで「スヴェン……触って」と名前を呼び、誘う。ねだられるまま、スヴェンは玻璃の乳首に爪を立てる。

乳首をいじめれば、玻璃のものがビクビクと蠢き、蜜をしとどにこぼす。その眺めにますます熱が高ぶってくる。

「スヴェン……きもち……いい……？」

玻璃は腰を上下に動かしながら聞く。きっと彼は自分を喜ばせようと思っているのに違いない。そんな健気さも愛おしい。

「ああ、とても。このまま、ずっと玻璃の中にいられたらいいのに。一日中ずっと繋がって、玻璃に名前を呼んでもらって」

ゆるゆると腰を使いながら、スヴェンは言う。これは本音だ。いやになるほど、玻璃のことが好きで堪らなかった。

「俺も……ずっと……スヴェン……とこうしていたい……」

　気持ちを伝えるのはとても大事なことだ。そしてこうして身体を繋げることも大事なことだとスヴェンは思う。素直に甘えたりねだったりする彼は、閨《ねや》の中でしか見られない。

　玻璃は自分で腰を動かすことで、彼の好きなところに当たっているのか、動きが奔放《ほんぽう》になってきた。それに合わせるように、スヴェンも玻璃のものに指を絡ませ快感を促す。

「……あぁ……ぁ……ぁあ……」

　玻璃の姿に触発され、スヴェンも下から突き上げだした。

　玻璃の腰を掴み、さらに深く奥まで抉る。スヴェンのものに穿《うが》たれる快感に溺れるように、玻璃も腰を揺らす。

「……スヴ……ェン……っ……ぁ……ッ」

　もっと奥まで、もっと深く。

　昂《たか》ぶっていく快感に玻璃は腰を上下させ、スヴェンを締め付けるように内壁が蠢く。玻璃の中が熱くて、すべてこの熱で融けてしまうかと思うほど。

「たくさん突いてあげるよ。玻璃が欲しいだけ、私をあげる」

　そう言いながらスヴェンは下から思い切り突き上げた。

「——あああぁっ！　……あぁ……あ、あ……」

　玻璃が濡れた嬌声《きょうせい》を上げる。

　スヴェンを咥《くわ》え込んだ内部がねっとりと絡みつき、強く収縮した。

　その締め付けの強さはまるで、自分が玻璃に食べられているかのようだった。スヴェンは煽られるようにして、腰を使い激しく穿つ。

「……あぁ……あ……ん……」

穿つリズムに合わせ、玻璃も自ら腰を揺らす。玻璃の身体はスヴェンの形を覚えていて、どのタイミングで締め付ければよいか、とうに知っていた。

スヴェンも陶然《とうぜん》となりながら、玻璃の身体に酔う。

「スヴェン……好き、……好き……」

そうしてスヴェンは玻璃の奥深くにある、一番感じるところを深く小刻みに突く。

「そこ、……あぁっ……そこ、もっと……」

ちょうだい、とねだられ、さらに深くスヴェンは抉った。

「あげるよ、玻璃。もっとあげる」

スヴェンは激しい律動を玻璃の身体に刻み、玻璃はわななきながらスヴェンの身体にしがみついた。その姿はどこもかしこも淫らで、スヴェンはがむしゃらに玻璃の尻を責め立てた。

「スヴェンっ……スヴェン……中、ちょうだい、スヴェン……っ」

淫らに尻を振る玻璃の姿にスヴェンも限界だった。

「玻璃……出すよ……っ……くっ……」

どくどくとスヴェンは玻璃の中に己の精を注ぎ込む。玻璃はそれを受け止めながら背筋を硬直させた。全て受け止めると、がくんがくん、と玻璃も身体を揺すり、彼も再び精を放ち達していた。

荒い息を吐いて倒れ込む玻璃をスヴェンは抱きしめる。

まだガクガクと痙攣《けいれん》している玻璃にスヴェンは頬《ほお》ずりして「愛してる」と囁《ささや》く。

こんなにも愛せる人に出会わせてくれたことに心から感謝しながら。

あとがき

こんにちは、はじめまして。葉山千世《はやまちせ》です。
なんと二冊目の本になりました。前作は竜とともに生きている人たちのお話でしたが、今回は異世界トリップ……！　と威勢よく書きましたけれど、今回非常に難産なお話でした。前回も担当様にめちゃくちゃご迷惑をかけたと思っていましたが、今回はそれを大きく超える迷惑っぷりで、編集部には足を向けて寝られません。根気よく、そしてやさしく付き合っていただきました担当様には心から感謝申し上げます。（不出来ですみません……）

本当にどうしよう、というくらい、キャラクターが動かず……特に玻璃《はり》……！　きみには本当に苦労しました。陰キャ、というか感情の起伏があまりない子だったので、会話をさせようにもすぐ会話が止まるのです。困りました。しかし、スヴェンはさすがでした。スヴェンありがとう。あなたがいつもにこにこ笑顔でいてくれたおかげで、玻璃もコミュ力がつき、成長できました。

実は私のお気に入りはアクセルです。彼ははじめツンケンしていましたが、あの子はあの子なりにスヴェンのことを考えすぎて気負いすぎていた子だと思うのです。今作では個人的なエピソードが書けませんでしたが、あの子には幸せになってほしいなと。

そんなふうに、書き終わってしまうと、苦労なんかどこかにいってしまって、終わったとたんに次のエピソードが浮かんでくるんですよね。

玻璃とスヴェンの二人が、玻璃の世界に行く話とか、アクセルの話とか、もっと書いていたいなと思うくらい彼らのことが大好きになってしまったので、離れがたいなと思っています。

難産だった原因は他にもあるのですが、それが今回の話の長さです。これでも随分《ずいぶん》削ったのですが、結局二段組みにしていただくということに。

そんな苦労に苦労を重ねたこのお話、少しでも楽しんでいただけたらうれしいです。

そうそう、つい最近、玻璃の水晶のペンダントに憧れて、某ハンドメイドアプリで水晶のペンダントを買ってしまいました。玻璃のように悪いものを浄化してくれないかなあ、となんとなくお守りのように持ち歩いています。水晶って見ているだけで、心が清々しくなるような気がするんですよね。

さて、今回、イラストはサマミヤアカザ先生につけていただきました……！

サマミヤ先生につけていただけると聞いて、俄然《がぜん》張り切ってしまいましたが、本当に美しいとしか言いようがなく……。

カバーのお姫様抱っこに感激し、スヴェンの美しさに見とれ、玻璃の可愛さに「これはスヴェンも惚れるわ！」と大きく頷《うなず》きました。細かいところまで汲《く》み取ってくださった、美しいイラストの数々に感激しています。本当にありがとうございました！

最後に、読んでくださった皆様、そして担当様はじめ編集部の皆様には心から御礼申し上げます。

また次の作品でお目にかかれますように。

葉山千世

《引用》

『【復刻版】片山敏彦の「リルケ詩集」』Kindle版（響林社文庫）

著：リルケ　翻訳：片山敏彦　編集：しみじみ朗読文庫

LYNX ROMANCE

小説原稿募集

リンクスロマンスではオリジナル作品の原稿を随時募集いたします。

募集作品

リンクスロマンスの読者を対象にした商業誌未発表のオリジナル作品。
（商業誌未発表のオリジナル作品であれば、同人誌・サイト発表作も受付可）

募集要項

＜応募資格＞

年齢・性別・プロ・アマ問いません。

＜原稿枚数＞

４５文字 ×１７行（１枚）の縦書き原稿、２００枚以上２４０枚以内。
※印刷形式は自由。ただしＡ４用紙を使用のこと。
※手書き、感熱紙不可。
※原稿には必ずノンブル（通し番号）を入れてください。

＜応募上の注意＞

◆原稿の１枚目には、作品のタイトル、ペンネーム、住所、氏名、年齢、電話番号、メールアドレス、投稿（掲載）歴を添付してください。
◆２枚目には、作品のあらすじ（４００字～８００字程度）を添付してください。
◆未完の作品（続きものなど）、他誌との二重投稿作品は受付不可です。
◆原稿は返却いたしませんので、必要な方はコピー等の控えをお取りください。
◆１作品につき、ひとつの封筒でご応募ください。

＜採用のお知らせ＞

◆採用の場合のみ、原稿到着後６カ月以内に編集部よりご連絡いたします。
◆優れた作品は、リンクスロマンスより発行させていただきます。
原稿料は、当社既定の印税でのお支払いになります。
◆選考に関するお電話やメールでのお問い合わせはご遠慮ください。

宛先

〒151-0051
東京都渋谷区千駄ヶ谷４−９−７
株式会社　幻冬舎コミックス
「リンクスロマンス　小説原稿募集」係

この本を読んでの
ご意見・ご感想を
お寄せ下さい。

〒151-0051
東京都渋谷区千駄ヶ谷4-9-7
(株)幻冬舎コミックス　リンクス編集部
「葉《は》山《やま》千《ち》世《せ》先生」係／「サマミヤアカザ先生」係

リンクス ロマンス

水晶の国　運命の子は異世界の王子に溺愛される

2022年10月31日　第1刷発行

著者……………葉《は》山《やま》千《ち》世《せ》
発行人…………石原正康
発行元…………株式会社　幻冬舎コミックス
〒151-0051　東京都渋谷区千駄ヶ谷4-9-7
TEL 03-5411-6431（編集）
発売元…………株式会社　幻冬舎
〒151-0051　東京都渋谷区千駄ヶ谷4-9-7
TEL 03-5411-6222（営業）
振替00120-8-767643
印刷・製本所…株式会社　光邦
検印廃止

ISBN978-4-344-85134-4 C0293
Printed in Japan

幻冬舎コミックスホームページ　https://www.gentosha-comics.net